"Vous avez peur des hommes," la nargua-t-il.

"C'est ridicule!" protesta Harriet.

"Et qui plus est, vous avez peur de moi."

"C'est absurde!"

Mais sa voix paraissait curieusement mal assurée à ses propres oreilles…

"Vous ne m'inspirez aucune crainte, monsieur Marcos," affirma Harriet avec le plus de conviction possible. "Franchement, vous me laissez totalement indifférente."

Elle s'arrêta, la gorge serrée par une appréhension bizarre. Pourquoi n'avait-elle pas tenu sa langue? Tout en murmurant quelques mots de grec, Alex la saisit par les épaules et l'attira contre lui. Il posa sa bouche sur la sienne, avec une lenteur délibérée.

Harriet n'avait jamais éprouvé un tel vertige. Elle ne parvenait plus à contrôler ses réactions…

DANS HARLEQUIN ROMANTIQUE

Sara Craven
est l'auteur de

DANS COLLECTION HARLEQUIN

Sara Craven
est l'auteur de

En écoutant les cigales

Sara Craven

Harlequin Romantique

PARIS · MONTREAL · NEW YORK · TORONTO

Publié en novembre 1984

ISBN 0-373-41292-4

Dépôt légal 4e trimestre 1984
Bibliothèque nationale du Québec et Bibliothèque nationale
du Canada.

Imprimé au Québec, Canada—Printed in Canada

— Donc, selon vous, je ne peux absolument rien faire. La partie est perdue d'avance.

Au prix d'un effort surhumain, Harriet Masters réussit à contrôler le tremblement de sa voix. En face d'elle, assis derrière son imposant bureau, l'homme haussa légèrement les épaules.

— Il ne s'agit pas d'une bataille, *thespinis* Masters. Et vous ne gagnerez rien à engager les hostilités. Mon client est prêt à revendiquer la garde de son neveu devant n'importe quelle cour de justice, anglaise ou internationale. La procédure sera très coûteuse, mais il ne reculera devant aucun frais.

— Evidemment, mon salaire de secrétaire ne me permet pas de me mesurer aux milliards des Marcos... Mais Nicky représente pour moi un cas de conscience.

Elle inspira profondément, avant de poursuivre :

— Ma sœur était mon unique parente. Lorsque Kostas et elle se sont mariés, ils m'ont adoptée au sein de leur famille. Je... J'avais même une chambre dans leur maison, et ils m'avaient justement confié Nicky quand... quand...

Elle s'interrompit, vaincue par l'émotion.

— J'en ai parfaitement conscience, *thespinis,* répliqua M. Philippides d'une voix compatissante. Cette tragédie vous a beaucoup marquée. Mais vous souhaitez sûrement le bonheur de ce garçon.

— Naturellement. Cependant, nos opinions semblent différer sur ce point.

M. Philippides pinça les lèvres, avec une grimace d'impatience.

— Allons, *thespinis,* ce sera pour lui une chance inestimable, de vivre avec son oncle.

— J'ai de la peine à le croire. M. Marcos n'a jamais manifesté le moindre intérêt pour Nicky, jusqu'à... la mort de Kostas et Becca.

Un peu mal à l'aise, M. Philippides toussota pour cacher son embarras. Sa tâche n'était guère agréable. Mais Alex Marcos le rétribuait sans doute très généreusement...

En arrivant devant l'immeuble qui abritait les bureaux de la Société Marcos, Harriet avait subitement été affolée à l'idée de devoir affronter Alex Marcos en personne. Elle ne l'avais jamais rencontré, mais Kostas lui avait souvent parlé de son frère, un personnage assez terrifiant.

Malgré ses allures replettes et joviales, M. Philippides se révéla un interlocuteur opiniâtre. Néanmoins, Harriet ne cèderait pas. Comment aurait-elle abandonné Nicky ? Elle n'avait personne d'autre au monde.

La démarche d'Alex Marcos l'avait prise au dépourvu, et complètement déconcertée. Lui et Kostas entretenaient de très mauvais rapports, depuis plusieurs années ; Alex avait définitivement rompu les liens lorsque Kostas avait épousé Becca, contre le désir de sa famille. Le jeune couple n'était jamais retourné en Grèce. Ils étaient morts tragiquement, dans un accident de voiture, alors qu'ils revenaient d'une soirée chez des amis. Un conducteur ivre avait percuté de plein fouet leur véhicule, au milieu d'un carrefour.

Ce drame avait bouleversé la vie d'Harriet. Heureusement, son directeur, compréhensif, lui avait accordé quelques semaines de congés supplémentaires. Il avait fallu vendre la maison, dont les traites étaient beaucoup

6

trop chères pour elle, chercher à se reloger, trouver une nourrice pour Nicky...

Finalement, en dépit de nombreuses difficultés financières, elle avait courageusement résolu tous les problèmes.

C'est alors qu'elle avait reçu la lettre des avoués d'Alex Marcos. Le frère de Kostas réclamait la garde de l'enfant, et offrait à Harriet, en échange, une forte somme d'argent. La cruauté et l'insensibilité de cet homme l'avait stupéfiée. Par retour de courrier, elle lui avait signifié son refus.

Mais Alex Marcos n'avait pas dit son dernier mot. Il lui envoya une deuxième requête, dans des termes plus conciliants, mais foncièrement identique quant à ses exigences. Harriet demeura intransigeante. Il y eut ensuite un long silence, qui la rassura. L'oncle de Nicky avait probablement abandonné son projet. Ses multiples occupations, ses voyages, son empire financier, et — à en croire les pages mondaines des journaux —, ses innombrables aventures féminines, suffisaient certainementà combler son existence.

— Nous n'avons rien en commun, avait un jour expliqué Kostas. Mon frère est un sauvage, un vagabond, de la race des aventuriers et des conquistadors, un vrai païen. Moi, je suis un homme paisible, domestiqué, assez terne, sans doute.

Il avait ri en regardant Becca. Comme Harriet leur enviait leur bonheur calme et serein...

Prise d'une impulsion subite, elle exprima ses pensées à voix haute :

— A en juger par les articles de certains magazines, Alex Marcos n'a guère le temps de s'occuper d'un petit enfant. Cela nuirait-il à sa réputation de séducteur ?

Interloqué, M. Philippides l'observa un instant, bouche bée.

— Là n'est pas la question. Nicos est son héritier, ne l'oubliez pas, *thespinis*.

— C'est le mien également, rétroqua Harriet avec un sourire ironique.

— Tsst... tsst... Parlons sérieusement, *thespinis* Masters. Et envisageons les choses de façon pratique. Qu'espérez-vous donner à cet enfant, en comparaison de ce que la famille Marcos peut lui offrir ?

— De l'amour et de la tendresse, répondit-elle courageusement. Nicky n'est pas une marchandise, ainsi que le laisserait supposer la proposition insultante de M. Marcos.

M. Philippides évita son regard d'un air gêné.

— C'était... une maladrese.

— Le mot est bien faible !

— Ne vous méprenez pas, ma chère mademoiselle, on s'occupera parfaitement bien de cet enfant. Sa grand-mère a hâte de le recevoir.

— La famille Marcos n'a malheureusement pas montré le même empressement à connaître ma sœur !

Elle se rappelait encore la douleur que leur silence implacable avait infligée à Kostas.

— Mama et Alex ! s'était-il écrié rageusement. Toute ma vie je leur ai obéi avec soumission. A présent, ils ne me pardonnent pas d'avoir transgressé leur volonté.

Nicky ne grandirait pas dans une atmosphère pareille ! résolut Harriet en se crispant nerveusement.

M. Philippides soupira.

— Tâchez de comprendre, *thespinis*. Dans notre pays, les mariages sont souvent arrangés par les familles. On avait déjà choisi une fiancée pour le regretté M. Marcos. Imaginez quel terrible embarras il a provoqué !

— Si c'était si grave, pourquoi Alex n'a-t-il pas épousé la jeune fille en question ? lança Harriet sur un ton coupant. D'ailleurs, je ne saisis pas ses arguments ridicules concernant son neveu. Il aura sûrement des enfants à lui un jour ou l'autre, s'il trouve une femme assez sotte pour s'attacher à lui. Que deviendra alors

Nicky ? Alex Marcos est un homme comblé, monsieur Philippides. Moi, j'ai seulement Nicky. S'il veut me l'arracher, il lui faudra livrer une rude bataille contre moi !

— Ce n'est pas votre dernier mot, j'espère ?

— Si. Je ne capitulerai pas devant un tyran.

Sans rien ajouter, elle sortit du bureau, la tête haute.

Arrivée dehors, dans la rue, elle s'effraya soudain de sa propre témérité et se mit à vaciller sur ses jambes. Elle dut même s'arrêter quelques instants sous un porche pour recouvrer son calme.

L'entretien avait en fait duré moins longtemps que prévu. Comme il lui restait encore trois quarts d'heure avant de reprendre son travail, elle s'installa à une terrasse et commanda un sandwich et un jus de tomate.

M. Philippides avait malheureusement raison ; jamais elle ne vaincrait la puissance d'Alex Marcos. Aucun juge ne se prononcerait en sa faveur, s'il portait l'affaire devant les tribunaux. Peut-être la taxerait-on d'égoïsme ? Avait-elle le droit de priver Nicky de tous les avantages matériels que la famille Marcos lui offrirait ?

Elle se mit à songer avec mélancolie à la solitude de sa vie, si on lui arrachait Nicky. A deux ans et demi, il commençait à parler couramment, et adorait se faire raconter des histoires. La perspective de perdre pour toujours cet adorable petit garçon, de l'abandonner à des étrangers, lui glaça le cœur.

La situation aurait certainement été moins dramatique si Kostas et son frère avaient entretenu des relations normales. Mais ayant toujours répudié Becca, la famille Marcos ne tiendrait aucun compte des sentiments de sa sœur cadette. D'ailleurs, le cynisme de leur proposition témoignait de leur peu d'estime à son égard.

Pauvre Kostas… Il n'avait jamais avoué la nature exacte de la brouille qui l'avait poussé à s'exiler en Angleterre. Mais son comportement était bien compréhensible, s'il s'était enfui pour échapper à un mariage arrangé par sa mère et son frère...

Lorsqu'il avait rencontré Becca, il ne lui avait pas confessé immédiatement sa parenté avec les Marcos. En fait, Becca avait failli rompre le jour où elle avait découvert la vérité. La personnalité et le mode de vie de son célèbre futur beau-frère la rebutaient et l'effrayaient. Il avait fallu à Kostas beaucoup de persuasion pour lui démontrer à quel point il était différent.

L'hostilité manifeste des Marcos avait sans doute soulagé Becca. Kostas travaillait comme comptable dans une entreprise, et son salaire subvenait largement à leurs besoins. Ils étaient parfaitement heureux ainsi.

Harriet soupira. Si seulement Alex ou sa mère les avait vus ensemble ! Leur dureté inexorable aurait sûrement fléchi, devant un tel amour... Quoiqu'un homme tel qu'Alex Marcos considérait probablement la sensibilité comme un signe de faiblesse...

Elle se leva, secoua les miettes de pain tombées sur sa jupe plissée bleu marine, et repartit tranquillement, sans se presser, en regardant distraitement les vitrines des magasins.

Nicky tenait beaucoup de place dans sa vie. Trop, peut-être... N'ayant pas assez d'argent pour payer des baby-sitters, elle sortait rarement le soir. D'ailleurs, il lui aurait semblé anormal de ne pas consacrer tous ses loisirs au petit garçon. Son travail lui prenait déjà tant de temps... Parfois pourtant, en entendant ses collègues bavarder avec animation de leurs distractions ou de leurs petits amis, elle avait l'impression d'appartenir à un autre monde...

A vingt et un ans, elle n'avait rien d'une vieille fille, Dieu merci. Ses beaux cheveux blonds et ses grands yeux gris la rendaient même très attirante. Mais l'existence de Nicky représentait souvent un sérieux obstacle dans ses relations avec les hommes. Elle en avait fait la triste expérience avec Roy.

A cette pensée, la rougeur lui monta aux joues. Elle était presque fiancée à Roy, à l'époque de l'accident. Mais sa vie avait été bouleversée du jour au lendemain, et Roy avait disparu, au moment où elle avait le plus besoin de lui.

— Je suis désolé, Harriet, lui avait-il déclaré avec une franchise brutale. L'idée de me retrouver si vite chargé de famille ne m'enthousiasme pas du tout. Je n'ai pas envie de te partager avec un enfant qui n'est même pas le mien.

La blessure de la jeune fille ne s'était jamais complètement cicatrisée. Depuis ce temps-là, Harriet se montrait très circonspecte dans ses rapports avec les hommes, et hésitait à accepter des invitations.

Claudia, sa collègue de bureau, l'exhortait à sortir davantage et essayait constamment de lui présenter des amis masculins. Cependant, Harriet jugeait de son devoir de se consacrer à Nicky. Il avait besoin d'un environnement stable, sécurisant. Pour l'instant, il n'était pas question de déranger ses habitudes bien réglées.

Claudia attendait son retour avec impatience.

— Alors, que s'est-il passé ?

Harriet haussa les épaules.

— Nous avons discuté. Je me suis mise en colère.

— C'est surprenant, de ta part. Tu parais tellement calme et pondérée ! Mais les apparences trompeuses cachent une nature ardente. Qui t'a reçue ? Le grand homme lui-même ?

Comme Harriet secouait la tête, elle reprit, d'une voix déçue :

— Dommage ! J'aurais bien voulu en apprendre davantage sur ce don Juan. Il t'aurait peut-être séduite, qui sait ?

— Tu plaisantes ?

— Absolument pas. Il a sûrement un charme fou, à en juger par le nombre de ses conquêtes.

— Il a de l'argent, tout simplement, répliqua Harriet cyniquement, tout en s'installant devant sa machine à écrire.

— N'as-tu donc jamais vu de photos de lui ? protesta Claudia.

— Si. Mais ce genre de personnage me laisse complètement indifférente, je l'avoue.

— Miss Masters !

Le chef de service s'approcha d'un air sévère.

— Miss Greystoke vous a appelée par l'interphone. Le directeur vous demande.

Les doigts d'Harriet s'immobilisèrent sur le clavier. Que signifiait cette convocation ? Cela ne se produisait presque jamais…

— Dépêchez-vous, Miss Masters !

Harriet obtempéra avec appréhension. Que lui voulait Sir Michael ? se demanda-t-elle, affolée, en se rendant à l'étage supérieur. En deux ans, elle ne lui avait pas parlé une seule fois. A la mort de Kostas et Becca, elle avait eu affaire à M. Crane, son adjoint, qui était la bonté même. Sir Michael ne s'adressait jamais directement à ses employés. Alors ?

Miss Greystoke, sa secrétaire personnelle, l'accueillit avec une froideur hautaine.

— Hâtez-vous un peu ! Sir Michael n'est guère patient.

Harriet marqua une hésitation.

— Savez-vous de quoi il s'agit ?

Remarquant la pâleur de la jeune fille, Miss Greystoke se radoucit un peu.

— Je n'en ai pas la moindre idée. J'ai trouvé un message sur mon bureau en rentrant de déjeuner. Mais ne vous inquitez pas. Il n'est pas si méchant.

Rassemblant tout son courage, Harriet se redressa, inspira profondément, et pénétra dans le bureau du directeur, éclairé par le larges baies vitrées. Un instant, la lumière du soleil l'éblouit. Un homme se tenait debout près de la fenêtre, à contre jour. Peu à peu, elle distingua mieux ses traits. Ce n'était pas Sir Michael !

Très grand, la carrure imposante, il était beaucoup plus jeune, et possédait un visage au teint mat, très beau malgré une certaine dureté.

Interloquée, Harriet se mit à bredouiller lamentablement.

— Je suis désolée… C'est sans doute une erreur…

Comme elle battait en retraite, il l'arrêta d'un geste autoritaire.

— Ne vous sauvez pas, Miss Masters.

Sa voix impérieuse trahissait un léger accent étranger.

— Vous avez montré plus de témérité tout à l'heure, avec mon homme de loi. Oserez-vous me tenir tête avec autant d'aplomb ?

Seigneur ! Quelle horreur ! Ce ne pouvait pas être lui !

S'efforçant de garder son sang-froid, elle déclara avec raideur :

— Je n'ai pas l'honneur de vous connaître.

— Cessons ce petit jeu, voulez-vous ? Vous avez parfaitement deviné qui je suis.

La gorge d'Harriet se serra.

— Comment… Comment saviez-vous où je travaillais ?

— Je possède sur vous toutes les informations nécessaires, répliqua-t-il sur un ton coupant. De toute évidence, vous n'êtes pas la personne idéale pour vous occuper de l'enfant de mon frère.

— Vous n'avez pas le droit de dire une chose pareille !

— Si. Je possède assez d'éléments pour porter sur vous un jugement sûr. Votre attitude en face de Philippides a révélé votre totale immaturité, et un tempérament stupidement entêté. Par vos propos irréfléchis, vous avez détruit toutes vos chances de conserver la garde de Nicos.

— M. Philippides n'a pas perdu de temps pour vous rapporter notre entretien ! rétorqua-t-elle furieusement. A-t-il utilisé un magnétophone ?

— Non, Miss Masters. Je vous ai vue et entendue moi-même.

Il marqua une pause, avant d'expliquer ;

— La grande glace du bureau permet à un témoin de tout observer depuis la pièce voisine.

— Quel procédé détestable !

— C'est pourtant assez courant.

— Je comprends mieux, à présent, pourquoi votre frère s'est enfui de chez vous !

Elle regretta aussitôt ses paroles imprudentes, car l'expression rageuse de son interlocuteur la terrifia.

— Pardonnez-moi... Je ne le pensais pas sérieusement.

— Je l'espère.

Avec plus d'humilité, la jeune fille décida de plaider sa cause.

— Vous ne pouvez pas savoir combien j'ai été bouleversée... au sujet de Nicky. Il est tout pour moi.

— Pour l'instant, peut-être. Mais en dépit de votre langue venimeuse, vous ne devriez pas avoir trop de mal à trouver un mari, surtout avec la dot que je vous offre.

A nouveau, la colère de la jeune fille éclata.

— Je ne toucherai pas un centime de votre maudit argent !

— Modérez votre langage, répliqua-t-il, glacial. Si, par votre intransigeance, vous essayez de m'extorquer une somme plus élevée, c'est peine perdue, je vous avertis. C'est déjà beaucoup trop à mon avis. Vous ne méritez pas tant. Je souhaite régler cette affaire le plus promptement possible. La grand-mère de l'enfant a hâte de le voir.

— Elle aurait pu se manifester avant !

14

— Votre sœur l'espérait-elle ? Comptait-elle sur cete naissance pour être acceptée dans notre famille ? Dans ce cas, elle se trompait lourdement. Je vous conseille de ne pas tomber dans la même erreur, Miss Masters. Ne visez pas un but trop élevé. De toute façon, vous avez perdu d'avance.

Brusquement, elle s'avança et lui asséna une gifle retentissante.

Un silence terrifiant s'ensuivit. Frappée d'horreur, Harriet observa les marques rouges apparaîssant sur sa joue. Elle se prépara à recevoir une riposte, mais rien ne vint.

— Insolentc, et violente de surcroît, remarqua-t-il enfin. Qu'avez-vous à ajouter, maintenant ?

— Si vous vous attendez à des excuses, vous serez déçu ! Faites un rapport à Sir Michael si vous en avez envie. Je m'en moque. En tout cas, je vous défends d'insulter la mémoire de Becca. Comment osez-vous l'accuser d'une telle bassesse, alors que vous ne la connaissiez même pas ? Votre argent ne l'intéressait pas ; rien dans votre mode de vie ne l'attirait. Kostas et Nicky suffisaient à la rendre heureuse. Mais votre… brouille avait affecté Kostas. Elle en souffrait, et souhaitait une réconciliation, pour la tranquilité d'esprit de son mari. C'est tout.

— Quelle histoire touchante ! commenta-t-il cyniquement. Apparemment, Kostas aurait trouvé la perle rare ! Malheureusement, je doute de la valeur de son jugement et de son choix. Néanmoins, je veux bien vous croire ; votre affection pour votre sœur est tout à votre honneur. Mais revenons à notre problème.

— Nicky n'est pas un problème ! C'est mon neveu, autant que le vôtre, et je suis parfaitement capable de l'élever. Je n'ai absolument pas l'intention de me décharger de mes responsabilités.

A ces mots, elle tourna les talons et quitta la pièce. Heureusement, il n'essaya pas de la rattraper. Dans le couloir, vaincue par les larmes, elle se dirigea vers la salle de repos. Assise sur une chaise, elle sanglota un long moment avant de pouvoir enfin dominer ses émotions. Calmée, elle se passa de l'eau fraîche sur le visage, puis enfila son blazer et sortit.

La nécessité d'éloigner Nicky de Londres s'imposa à son esprit incohérent. Elle n'avait aucune idée de cachette, mais il fallait agir vite. Quelques économies lui permettraient d'acheter un billet de train, pour s'échapper, le plus loin possible. Si elle réussissait à se soustraire assez longtemps aux recherches d'Alex Marcos, il finirait bien par se lasser, et regagnerait la Grèce.

Elle se mordit la lèvre, sceptique sur ses chances d'y parvenir... Pourtant, ayant juré de se battre, elle ne capitulerait pas sans lutter d'abord.

Elle se sentait un peu coupable d'avoir abandonné son poste sans explication ni lettre de démisson. Mais il n'y avait pas d'autre alternative.

En la voyant, Manda, la nourrice, poussa une exclamation de surprise. A peine plus âgée que Harriet, elle était très vite devenue une amie, et ses jumeaux s'entendaient à merveille avec Nicky.

— Tu es en avance ! Je viens juste de le coucher.

— Je suis désolée, Manda. Mais je dois l'emmener. Il ne viendra pas demain, et restera absent pendant quelque temps. En fait, j'ignore quand... si...

Manda la scruta attentivement.

— La bouilloire est sur le feu. Fais-toi une tasse de thé pendant que je prépare Nicky.

Dès qu'il la vit, Nicky tendit les bras vers Harriet, qui le serra très fort contre son cœur.

— Tu vas l'étouffer ! plaisanta Manda. Que se passe-t-il ? Le méchant oncle aurait-il réapparu sur la scène ?

Harriet hocha la tête.

— C'était inévitable, je suppose, soupira Manda en ébouriffant affectueusement les cheveux noirs du petit garçon. Au revoir, mon chéri. Tu seras certainement plus heureux dans ta famille milliardaire...

— Il ne me l'enlèvera pas ! protesta Harriet férocement.

— J'admire ton courage, mais tu n'es pas très réaliste. Le patriarcat est encore très puissant, en Grèce. En outre, crois-tu réellement rendre service à Nicky ? Il ne te sera certainement pas reconnaissant, plus tard, de l'avoir privé d'une vie facile, sans souci...

— C'est...horrible.

— N'est-ce pas ? Mais il est déjà assez dur d'être orphelin.

— Je dois donc abandonner le combat ?

— Non, naturellement. Mais tu devrais conclure un accord avec ce Marcos. Obtenir de garder Nicky pendant les vacances par exemple.

— Il est impossible de discuter avec cet homme ! gémit Harriet.

La jeune femme écouta avec stupeur le récit de leur entretien.

— Pour l'amour du ciel, Harriet, réfléchis avant de commettre une imprudence. En t'enfuyant ainsi, tu alimenteras ses griefs contre toi. Il te traitera de folle.

— De quel côté es-tu ? l'interrogea Harriet d'une voix lasse.

— Je défends les intérêts de Nicky.

Avec un sourire réconfortant, Manda ajouta ;

— Retourne chez toi, et étudie soigneusement tous les aspects de la situation. Sinon, tu regretteras d'avoir agi sous le coup d'une impulsion. Ce serait une très mauvaise chose, pour toi et pour l'enfant.

En sortant de chez Manda, Harriet avait recouvré ses esprits. Nicky dormait dans sa poussette. Ses cils jetaient une ombre légère sur ses pommettes roses. Elle le contempla avec tendresse. La pensée de le perdre lui était absolument intolérable. Néanmoins, les paroles de la nourrice l'avait ramenée à la raison.

En tournant le coin de sa rue, elle ne remarqua pas tout de suite la voiture luxeuse garée le long du trottoir. Puis elle l'observa avec une curiosité inquiète. Une Rolls-Royce !

Instinctivement, elle ralentit le pas, les poings crispés sur la barre de la poussette. Un chauffeur en livrée se tenait à l'avant.

Le passager descendit, éteignit son cigare, et l'attendit, impassible.

— Bonsoir, Miss Masters ! Voilà donc Nicos. Merci de me l'avoir amené.

2

Harriet le fixa en tremblant, atterrée.

— Mais... Je ne voulais pas...

— Oh, je le sais bien, répliqua-t-il, sardonique. Mais l'enfant est là. C'est le principal.

Quand elle baissa les yeux sur Nicky, Alex Marcos suivit son regard.

— C'est un Marcos, indéniablement, remarqua-t-il d'une voix neutre, après un silence.

— Il a les yeux de ma sœur...

La gorge nouée, elle ajouta ;

— Comptez-vous l'emmener tout de suite, ou me laisserez-vous le temps de faire ses bagages ?

— Ce n'est pas un kidnapping, protesta-t-il avec irritation. Ne restons pas discuter ici. Entrons.

Harriet hésita. Cependant, elle n'avait guère le choix. A contrecœur, elle poussa la poussette vers la porte d'entrée. Dans le vestibule, elle se baissa pour prendre Nicky.

— Donnez-le moi, commanda Alex Marcos sur un ton autoritaire, pendant qu'elle rangeait la poussette.

Dans son minuscule appartement, elle lui indiqua le petit lit, derrière un paravent qu'elle avait recouvert d'un joli tissu aux couleurs gaies. Alex Marcos y déposa l'enfant, avec une habileté et une douceur étonnantes.

Puis, se raidissant, il se retourna pour examiner la pièce sans indulgence. Harriet fut subitement prise d'un désir absurde de s'excuser. Son intérieur modeste était pourtant impeccablement tenu, mais en présence de cet homme, il lui parut soudain triste et misérable.

Heureusement, elle se ressaisit dans un sursaut d'amour-propre. Elle n'avait pas à se justifier devant lui. De toute manière, peu lui importait son opinion !

— Puis-je vous offrir quelque chose à boire ? s'enquit-elle poliment.

— C'est très aimable à vous, répliqua-t-il avec une légère moquerie. Je prendrais volontier un café.

A son profond déplaisir, il la suivit dans la cuisine, nullement gêné. Aucun détail ne sembla lui échapper, tandis qu'il promenait son regard sur la vieille cuisinière, la peinture écaillée des placards, et le réfrigérateur d'un autre âge.

— Mon installation est assez rudimentaire, observat-elle avec un certain embarras. Cela doit choquer votre idée du confort. Vous avez l'habitude de côtoyer des milieux plus élégants...

Il haussa les sourcils.

— La Grèce est un pays pauvre, Miss Masters. Là-bas, beaucoup de gens vous envieraient votre niveau de vie.

— Mais vous êtes différent de la plupart de vos compatriotes.

— Je ne le nie pas. Le sort m'a gâté. Néanmoins, je n'ai jamais méprisé quiconque pour sa pauvreté.

Kostas avait brossé de lui un portrait tout à fait opposé... Selon lui, son frère était un être bouffi d'orgueil et d'arrogance, totalement dénué de sensibilité, incapable de comprendre les autres... D'ailleurs, Alex avait toujours refusé catégoriquement de se réconcilier. Ni le mariage de Kostas, ni la naissance de Nicky, n'avait aplani leur différend. Pour l'enterrement, la famille Marcos n'avait même pas envoyé de fleurs ou de message de condoléances. Après la nouvelle du tragique accident, ils ne s'étaient pas manifestés pendant des mois, jusqu'à cette fameuse lettre concernant Nicky.

Quand ils retournèrent dans le salon, l'enfant ne s'était toujours pas réveillé. Harriet entrouvrit la fenêtre, pour laisser entrer le soleil. D'ordinaire, elle adorait ce moment de la journée, quand elle pouvait enfin jouer avec Nicky, avant le bain et le repas du soir. Mais elle n'aurait probablement plus l'occasion de s'amuser avec lui, maintenant...

Ses épaules voutées trahirent sans doute son découragement, car Alex Marcos se radoucit sensiblement :

— Vous ne pouvez pas passer le reste de votre vie à vous occuper de l'enfant d'une autre. Vous êtes jeune. Vous avez certainement envie de vous marier, de fonder un foyer...

— Je suis très heureuse ainsi, objecta-t-elle avec raideur.

— J'ai de la peine à le croire. Les hommes vous font peur ? la questionna-t-il avec une pointe d'ironie.

— Absolument pas ! Comment osez-vous insinuer... ?

Elle s'interrompit, avec un petit mouvement d'impuissance.

— Votre attitude paraît tellement étrange... Vous êtes belle, attirante.

Quand il la détailla, cavalièrement, elle s'empourpra violemment. Certes, elle avait parfaitement conscience d'attirer l'attention des hommes, mais un tel manque de délicatesse la choquait. Sous le regard troublant d'Alex Marcos, elle se sentit soudain très fragile et vulnérable.

Pour dissimuler sa confusion, elle se mit en devoir de servir le café. Il ne la quitta pas des yeux, comme s'il cherchait à se former une opinion en analysant avec minutie tous les éléments de sa personnalité. Sur le point d'approcher une chaise pour s'asseoir en face de lui, elle se ravisa néanmoins, de peur de s'exposer à de nouvelles railleries. Elle s'installa donc sur le canapé, le plus loin possible de lui, et fit semblant de ne pas voir son sourire ironique.

— Revenons au sujet de Nicos, suggéra-t-il avec une douceur suspecte. La situation présente ne peut pas continuer indéfiniment. En grandissant, il aura besoin de plus d'espace. Cette pièce est déjà trop petite pour vous deux.

— J'y ai songé, répliqua-t-elle froidement.

— A quelles conclusions êtes-vous parvenue ?

Elle se hérissa.

— J'ai l'intention de déménager, pour un appartement plus grand, avec un jardin...

Quel rêve impossible ! médita-t-elle avec amertume.

— Vous avez déjà quelque chose en vue ? s'enquit-il poliment.

Elle soupira.

— Non.

— De toute manière, un tel loyer grèverait votre budget, n'est-ce-pas ?

— En effet.

Il l'acculait dans ses derniers retranchements... Au bout d'un lourd silence, il reprit ;

— Miss Masters, si je porte notre fâcheux différend devant un tribunal, quelle attitude, à votre avis, adoptera le juge quant à la manière dont vous élevez Nicos ?

— Je fais de mon mieux, murmura-t-elle en évitant son regard.

— Je n'en doute pas un seul instant. Cependant, vos moyens financiers ne vous permettent pas de faire face à des charges de famille. Par ailleurs, un procès créerait autour de cet enfant une publicité détestable. Les journaux à sensation s'empareraient avec avidité de cette affaire.

— Vous avez une certaine habitude des scandales, ne put-elle s'empêcher de remarquer.

— Nous parlons d'un enfant de deux ans. Un jour les échos de cette bataille lui reviendront peut-être aux oreilles. Qui sait s'il ne souffrira pas plus tard d'avoir été un objet de dispute ?

— C'est du chantage ! s'indigna-t-elle.

Il haussa les épaules.

— Simplement une hypothèse vraisemblable. Il est déjà assez grand pour percevoir les conflits ; il risque d'être fortement perturbé.

— Je refuse cet argument, monsieur Marcos. Plus tard, Nicky se demandera pourquoi je l'ai abandonné. Il en souffrira. Vous comptez nous séparer définitivement, n'est-ce-pas ?

— Oui. Telle est mon intention.

— Dans ce cas, je reste sur mes positions.

Subitement, la colère d'Alex Marcos éclata.

— Qu'espériez-vous ? Une place sous mon toit ? Une somme d'argent plus élevée ?

— Je ne veux rien accepter de vous ! se récria-t-elle avec véhémence. D'ailleurs, je ne vous ai jamais contacté. Notre rencontre tient à votre seule initiative.

Il lui jeta un regard empreint de lassitude.

— Pourquoi vous montrez-vous si obstinée ? Vous êtes vous-même presque une enfant. Vous ne pouvez pas envisager de supporter sans aide ce fardeau, pendant plus de vingt ans peut-être.

Cette perspective effrayait un peu la jeune fille, mais elle avait toujours affronté lucidement la réalité.

— Et vous ? riposta-t-elle. Vous n'avez jamais manifesté le moindre intérêt pour Nicky. Pourquoi le réclamer-vous, maintenant ?

— Il est de mon devoir de prendre soin de lui. Malgré nos relations difficiles, Kostas n'en aurait pas moins attendu de moi. J'ai des liens de sang avec cet enfant.

— Moi aussi.

— Si Kostas avait voulu vous confier son fils, il aurait laissé un testament, une lettre. Il n'en a rien fait, n'est-ce-pas ?

Harriet finit son café et reposa sa tasse.

— Non, en effet, répondit-elle après un silence. Ils étaient si jeunes… Comment auraient-ils songé à une telle éventualité ?

— Lorsqu'on a des responsabilités, on doit toujours penser à assurer l'avenir, *thespinis* Masters. Mais Kostas était très insouciant. Il comptait sur moi, j'en suis certain, pour parer aux besoins de Nicos, en cas de problème.

— Kostas était trop heureux avec ma sœur pour s'inquiéter du pire. Il était chaleureux, attentif, et ne se préoccupait pas de la réussite matérielle. Quelle importance, s'il n'était pas un brillant homme d'affaires ?

— Cela en aurait eu s'il avait conservé sa place au sein de la Société Marcos, observa-t-il, glacial. Mais cela ne vous concerne pas et nous écarte de notre sujet. Réfléchissez bien, Miss Masters. Pour l'instant, vous revendiquez l'amour de cet enfant. C'est très… louable. Mais vous le regrettez peut-être. Avec l'argent que je vous propose, vous pourriez renouveler votre garde-robe, partir en croisière autour du monde et — qui sait ? — rencontrer l'homme de votre vie, sans être encombrée par un fardeau gênant.

— Vous êtes insultant !

Il haussa les sourcils d'un air exagérément surpris.

— Pourquoi ? Au contraire, c'est un compliment. Si vous aviez plus de temps à consacrer à vous-même, je ne doute pas des effets de votre charme.

— Au risque de vous étonner, je suis pleinement satisfaite de ma vie présente, monsieur Marcos. Je ne considère pas le mariage comme le but suprême.

— J'avais donc raison, la nargua-t-il avec un sourire nonchalant. Vous avez peur des hommes.

— C'est ridicule !

— Et qui plus est, vous avez peur de moi, ajouta-t-il en plantant son regard dans le sien.

— C'est absurde !

Mais sa voix parut curieusement mal assurée à ses

propres oreilles… Avec une insolence délibérée, Alex Marcos contempla longuement les courbes de sa silhouette, avant de retourner son attention sur son visage cramoisi.

— Ne niez pas, c'est évident ! Votre rougissement vous trahit. Pourtant, je ne vous ai même pas touchée !

— Vous ne m'inspirez aucune crainte, monsieur Marcos, affirma-t-elle avec le plus de conviction possible. Vous ne m'intéressez pas. Dans votre milieu, vous avez probablement l'habitude de rencontrer des femmes faciles, aux mœurs légères, mais je n'appartiens pas à ce monde-là. Franchement, vous me laissez totalement indifférente.

Elle s'arrêta, la gorge serrée par une appréhension bizarre. L'ironie disparut immédiatement du visage d'Alex Marcos. Une expression plus dure, menaçante, la remplaça. Pourquoi n'avait-elle pas tenu sa langue ? Mais il était trop tard pour se rétracter…

Tout en murmurant quelques mots de grec, incompréhensibles, il saisit la jeune fille par les épaules, l'attira contre lui, et posa sa bouche sur la sienne, avec une lenteur délibérée.

Harriet tenta de résister, mais elle était déjà réduite à l'impuissance. Appuyant de toutes ses forces les paumes de ses mains sur sa poitrine, elle essaya de le repousser. Vainement. Au contraire, le contact de ce torse musclé la troubla. Seul, le souffle de leurs respirations emplissait le silence. Elle n'avait jamais éprouvé un tel vertige. Elle ne parvenait plus à contrôler ses réactions…

Avec un petit soupir de résignation, elle entrouvrit les lèvres et s'offrit à ce baiser enivrant. Doucement, il glissa les doigts sous son chemisier pour caresser la peau nue de son dos, éveillant au fond de son être des sensations délicieuses, d'une intensité troublante.

La jeune fille frissonna, tandis qu'une vague de désir l'inondait, affaiblissant irrémédiablement ses défenses.

Pour la première fois de sa vie, elle eut envie de goûter au plaisir, au mépris de toute prudence. Comme il serait agréable de s'abandonner à l'étreinte de cet homme, de succomber à ce bien-être euphorique...

A ce moment précis, un cri plaintif retentit, dans le coin de la pièce :

— Harry !

Nicky s'était réveillé. Revenant brusquement à la réalité, Harriet sursauta et s'écarta vivement, oubliant d'un seul coup ses rêves dangereux, insensés.

Les jambes flageolantes, elle se leva et remit en hâte de l'ordre dans sa tenue. Une lueur cynique brillait dans les yeux d'Alex Marcos.

— Seriez-vous aussi catégorique, à présent ? la railla-t-il.

Rouge de confusion, elle se détourna pour s'occuper de Nicky et le ramena dans ses bras. Tout en suçant son pouce, l'enfant considéra l'inconnu avec curiosité.

— C'est ton oncle Alex, lui annonça Harriet d'une voix douce. Dis-lui bonjour.

D'ordinaire assez sauvage avec les étrangers, le petit garçon lui adressa néanmoins un sourire timide.

— 'jour, murmura-t-il avant de se cacher contre l'épaule d'Harriet.

Alex prononça quelques phrases en grec. Aussitôt, Nicky se raidit, comme si ces mots lui rappelaient des souvenirs lointains, à demi-effacés.

— Papa ? lança-t-il avec une hésitation.

Les yeux d'Harriet s'embuèrent de larmes.

— Vous n'auriez pas dû, protesta-t-elle.

— Il a du sang grec dans les veines. Il est normal de lui apprendre la langue de ses ancêtres.

— Mais il vous prend pour son père ! s'indigna la jeune fille.

— De toute façon, je suis prêt à remplir ce rôle auprès de lui. Je lui expliquerai plus tard, quand il sera en âge de comprendre.

— Qui lui servira de mère ? Vos maîtresses ? Il sera complètement perturbé de les voir se succéder les unes après les autres !

— Ne me provoquez pas, ou vous le regretterez. Vous n'avez pas de jugement moral à porter sur ma vie. D'ailleurs, vous n'étiez pas aussi hostile et agressive, tout à l'heure.

Harriet ouvrit la bouche pour se récrier, mais se ravisa.

— Voilà qui est plus raisonnable, approuva-t-il avec un sourire narquois. Maintenant, j'aimerais faire plus ample connaissance avec mon neveu. Je compte passer le week-end avec lui.

— Vous possédez une maison à Londres ?

— J'ai une suite dans un hôtel.

— Vous ne saurez pas vous occuper de lui ! Il porte encore des couches...

— J'ai engagé une bonne d'enfants, avant de partir de Grèce. Elle se chargera des problèmes matériels.

Comment lutter contre l'arrogance et l'assurance inébranlable de cet homme ?

— Et si je refuse ?

— Le pouvez-vous vraiment ? Même si vous me contestez le droit d'élever cet enfant, vous êtes obligée de partager vos prérogatives avec moi. Nos positions sont identiques.

Après une interruption, il ajouta :

— Je vous donne ma parole de ne pas quitter le pays avec lui. Cela vous satisfait-il ?

Harriet courba la tête d'un air las.

— Quand passerez-vous le prendre ?

— Demain après-midi à trois heures. Je le ramènerai dimanche soir.

— Très bien.

De toute manière, elle n'avait aucune raison valable de s'opposer à cette requête...

En partant, Alex Marcos ébouriffa les boucles brunes

27

de Nicky et lui caressa la joue. Dieu merci, il conserva ses distances avec Harriet et se contenta d'un bref salut avant de refermer la porte derrière lui.

Les bras serrés autour de Nicky, la jeune fille se dirigea vers la fenêtre et souleva légèrement le rideau. Au moment de monter en voiture, Alex Marcos jeta un coup d'œil dans sa direction et agita la main d'un air moqueur. Furieuse, elle s'écarta vivement. Pourquoi cette rencontre la troublait-elle autant ?...

La journée du vendredi s'écoula misérablement. Le matin, Harriet téléphona à son travail pour excuser son départ précipité de la veille. Invoquant des problèmes familiaux, elle obtint un congé supplémentaire. Puis elle appela Manda pour la tenir au courant des événements.

Son propre comportement la consternait. Comment avait-elle autorisé cet homme, presque inconnu, son ennemi, à l'embrasser ? Choquée par l'intensité de ses émotions, elle n'avait presque pas dormi de la nuit.

A la fin de leur conversation, Manda lui demanda :

— Et Alex Marcos ? Quel genre d'homme est-il ?

— Oh, c'est le Prince Charmant en personne ! répondit Harriet avec un rire forcé.

— Fais bien attention à toi, répliqua Manda gravement. A bientôt.

En raccrochant, Harriet médita un moment sur l'avertissement de la jeune fille. Si elle savait dans quelle confusion il l'avait jetée...

Après un peu de ménage, elle sortit avec Nicky faire des courses. Le soleil brillait. Chez l'épicier, elle lui acheta des bonbons, puis passa chez le marchand de journaux, pour s'approvisionner en lecture, en perspective de ce long week-end.

Pourtant, rien ne l'obligeait à rester dans l'appartement, se réprimanda-t-elle vivement. Depuis longtemps, elle avait envie de visiter Londres en touriste. C'était l'occasoin rêvée pour exécuter son projet.

Au déjeuner, elle gâta Nicky en lui servant de la glace

et de la tarte aux pommes, ses desserts favoris. Puis elle essaya de lui parler de son oncle, tout en préparant ses affaires. Mais il paraissait beaucoup plus intéressé par ses petites voitures.

De plus en plus chagrinée par son départ, elle le contempla un instant. Il était bien trop petit pour être arraché à ses habitudes, transplanté dans un nouveau milieu, complètement étranger...

Pourtant, par amour et manque d'expérience, elle risquait de le couver, de le protéger trop longtemps contre le monde extérieur. L'influence d'un homme lui était nécessaire. Mais le cynisme et l'amoralité d'Alex Marcos n'étaient certainement pas l'idéal !

Lorsqu'elle s'assit avec une tasse de café pour lire le journal, la photo d'Alex Marcos lui sauta aux yeux. Une ravissante jeune femme se tenait à ses côtés, la tête posée sur son épaule. Dans son article, après avoir vanté les charmes de cette superbe créature, un manne-quin prénommé Vicky Hanlon, le reporter concluait en rapportant ses propos ; « Ce pauvre Alex mène une vie tellement trépidante ! Je fais de mon mieux pour égayer ses loisirs, et l'aider à se détendre. »

Harriet replia le journal avec une moue dégoûtée. Son énervement croissait à mesure que trois heures appro-chaient. Comme Nicky réclamait une histoire, elle s'installa avec lui sur le canapé et ouvrit un livre d'ima-ges. A ce moment-là, une portière de voiture claqua dans la rue. Elle se tendit nerveusement.

— Une autre fois, mon chéri, murmura-t-elle en le serrant convulsivement dans ses bras. Ton oncle arrive. Tu vas beaucoup t'amuser avec lui.

Au coup de sonnette impératif, elle poussa le petit garçon vers le vestibule. Sans pouvoir s'en empêcher, elle avait particulièrement soigné son apparence, le matin même, et avait revêtu une très jolie robe, dont les tons pastels, très doux, seyaient bien à sa blondeur. A présent, les paumes moites, la gorge sèche, elle avait un peu honte d'accorder une telle importance à la visite d'Alex Marcos...

Sur le seuil, attendait le chauffeur, en uniforme, sa casquette sous le bras. Une femme aux cheveux gris l'accompagnait. Elle s'adressa à Harriet d'une voix légèrement anxieuse :

— Bonjour, *thespinis* Masters. Je suis Yannina. *Kyrios* Marcos m'envoie chercher son neveu, le petit Marcos.

A la vue de l'enfant, caché derrière les jupes d'Harriet, son visage s'illumina d'un large sourire. S'accroupissant, elle lui tendit les bras en lui murmurant des paroles d'encouragement, en grec. Lentement, Nicky s'approcha. Harriet tendit la valise au chauffeur.

— *Kyrios* Marcos vous rendra le garçon dimanche soir, à six heures au plus tard, déclara-t-il dans un anglais fastidieux.

Harriet hocha la tête et s'effaça discrètement tandis que Yannina prenait Nicky par la main. Quand l'enfant se retourna pour lui envoyer un baiser, son estomac se contracta douloureusement, et elle referma la porte.

Ainsi donc, Alex Marcos n'avait pas daigné venir en personne... Peut-être avait-il perçu son émoi la veille ? Dans ce cas, il aurait jugé préférable de garder ses distances.

Déconfite, horriblement embarrassée, Harriet essaya d'attribuer sa déception à l'insouciance de Nicky. Mais il était inutile de se leurrer.

Il lui fallait affronter la vérité : depuis la veille, elle mourait d'impatience de revoir Alex Marcos. L'étendue de sa déconvenue la consternait. Subitement, en se remémorant la mise en garde de Manda, elle prit peur.

30

3

Harriet se sentait agréablement fatiguée en rentrant chez elle, ce samedi soir, tard dans la soirée. Elle avait flâné toute la journée dans les rues de la capitale, était allée à une exposition de peinture, et avait découvert une foule d'endroits intéressants. Elle s'était même offert le luxe d'un goûter dans un salon de thé.

Ces activités l'avaient distraite de sa morosité. Pourtant, sa solitude lui pesait un peu. Il y avait tant de couples, parmi les promeneurs... L'isolement devenait vite éprouvant, dans une ville comme Londres. Si Nicky partait pour la Grèce, elle chercherait à partager un appartement avec une jeune fille de son âge. Cela lui permettrait de mieux supporter le vide de son absence...

A peine était-elle entrée dans le hall de son immeuble que la concierge sortit de sa loge.

— On vous a appelée trois fois en une heure et demie, Miss Masters ! Et vous n'étiez pas là !

— Je suis désolée, répliqua Harriet, très étonnée. A-t-on laissé un message ?

Mme Robertson lui tendit un morceau de papier.

— Vous devez téléphoner à ce numéro, et demander ce poste.

Affolée, Harriet se dirigea vers la cabine. Il était sûrement arrivé quelque chose à Nicky...

Le standard d'un grand hôtel londonien lui répondit, et la mit immédiatement en communication avec Alex

Marcos. Elle reconnut sa voix avec un curieux pincement de cœur, puis distingua les cris de Nicky à l'ar-
rière-plan.

— Est-il malade ? s'enquit-elle anxieusement.

— Il est en parfaite santé. Mais nous avons des problèmes avec son mauvais caractère. Il est horriblement
capricieux. Hier, Yannina a réussi à le coucher avec
beaucoup de difficultés. Ce soir, il est impossible de le
calmer. Il n'arrête pas de vous réclamer et de pousser
des hurlements. Vous l'avez abominablement gâté.

— Absolument pas ! s'indigna Harriet. Il est simplement bien trop jeune pour accepter sereinement un
bouleversement de ses habitudes. Il est dans un cadre
étranger, entouré de visages nouveaux, inconnus. Il a
peur, certainement.

— Vous avez raté votre vocation, Miss Masters.
Vous auriez fait une excellente psychologue pour
enfants, railla-t-il. Avez-vous pensé à prévenir Yannina
de ces réactions ?

Harriet soupira.

— Non. Il l'a suivie de très bonne grâce. J'avais tâché
de le préparer en lui parlant de petites vacances avec
son oncle...

— Très bien, Miss Masters. Je ne vous mets pas en
cause. Puisque Nicos souffre de la séparation, consenti-
riez-vous à venir le voir, si j'envoie ma voiture vous
chercher ?

— Naturellement.

Il raccrocha aussitôt. Indécise, elle monta à son
appartement. Devait-elle préparer un sac, pour le cas où
il lui faudrait passer la nuit là-bas ? Finalement, elle se
contenta d'emporter quelques affaires de toilette au
fond de son sac à main.

Le chauffeur arriva peu de temps après. Assise sur la
banquette arrière de la luxueuse limousine, elle s'efforça de contrôler le tumulte de ses émotions. Malgré
elle, l'idée de revoir Alex Marcos l'ébranlait. Comme

elle s'obligeait à tourner ses pensées vers Nicky, un frêle espoir renaquit dans son cœur. Alex renoncerait peut-être à l'emmener, si son comportement ne s'améliorait pas...

Elle entendit les cris de Nicky depuis l'ascenseur. Alex Marcos ouvrit lui-même lorsque le chauffeur frappa à la porte. En dépit de sa mauvaise humeur, il était plus séduisant que jamais. A sa vue, l'estomac de la jeune fille se contracta nerveusement.

— Mes infortunés voisins se sont plaints discrètement auprès de la direction, soupira-t-il. Jamais je n'aurais imaginé un enfant capable de faire un tel vacarme !

Debout dans son lit, Nicky s'accrochait désespérément aux barreaux. Le visage rouge, les yeux gonflés par les larmes, il avait l'air horriblement malheureux. Yannina tentait vainement de le calmer, lui murmurant des paroles d'apaisement, lui offrant un biberon de lait chaud. Mais l'enfant repoussait toutes ses gentillesses avec un redoublement de fureur. En entrant, Harriet aperçut l'ours en peluche du petit garçon, posé sur une chaise. Elle se pencha pour le ramasser. Généralement, ce jouet produisait sur lui des effets miraculeux.

Dès qu'il la vit, il tendit ses bras, avec des sanglots à fendre l'âme, et se cramponna à son cou farouchement.

— *Thespinis* Masters, je suis désolée, vraiment désolée, se lamenta Yannina. Il n'a pas cessé de vous réclamer.

Harriet la rassura d'un sourire et commença à se promener de long en large avec Nicky, en le berçant tendrement. Peu à peu, les cris s'espacèrent et il se détendit. Bientôt, il se mit à sucer son pouce.

— Ses yeux se ferment, chuchota Yannina. Dieu soit loué ! Pauvre petit...

Tandis que la nurse retapait le lit, Harriet continua à marcher. Debout près de la porte, Alex la considérait, la mine sombre, les sourcils froncés. Elle se mordit la lèvre. Apparemment, il désapprouvait ses méthodes.

Mais pourquoi l'avoir appelée au secours, dans ce cas ? Lorsque, à nouveau elle risqua un œil dans sa direction, il avait disparu.

Quand Nicky fut profondément endormi, elle le coucha doucement, et effleura sa joue brûlante d'un baiser. Avec un soupir, elle se redressa pour suivre Yannina dans la pièce adjacente, un vaste salon, somptueusement décoré.

Un serveur apparut, avec un chariot couvert de mets délicieux. Une bouteille de champagne rafraîchissait dans un seau à glace.

Installé sur un sofa, Alex se leva courtoisement pour accueillir la jeune fille.

— Le champagne est un excellent remontant, lui dit-il. Vous en avez sûrement besoin autant que moi.

Choisissant de s'asseoir en face de lui, dans un fauteuil, elle fit semblant de ne pas remarquer son expression sarcastique.

— Je vous en prie, servez-vous, reprit-il en renvoyant le serveur. Vous aimez le saumon fumé, j'espère ?

Harriet murmura une réponse évasive. Elle n'en avait jamais mangé… Quel contraste avec les œufs brouillés prévus pour son dîner ! Il y avait aussi du caviar, des bouchées à la reine, des gâteaux recouverts de sauce au chocolat… De plus, elle mourait de faim. Mais la présence d'Alex, trop impressionnante, l'empêcherait d'apprécier ces succulentes gourmandises.

Elle goûta de tout néanmoins, en tâchant d'oublier la mine sombre d'Alex Marcos, et son regard perçant, insistant. Lui, ne mangea absolument rien, mais l'accompagna en buvant du champagne.

Finalement, il rompit le silence le premier.

— J'ai essayé de vous appeler plusieurs fois dans la soirée. Je désespérais de vous joindre. J'en conclus que vous profitiez de l'absence de Nicky pour passer la nuit avec votre amant.

Harriet ne réagit pas à cette grossière provocation.

— Non, répliqua-t-elle simplement, avec un sourire de commande.

— Malgré tout, j'ai dû bouleverser vos projets pour la soirée.

— C'est sans gravité.

— Pour ma part, j'ai été contraint d'annuler un rendez-vous.

Avec le mannequin flamboyant de la photo ? s'interrogea Harriet. Enhardie par l'effet du champagne, elle observa sur un ton moqueur :

— Elle vous pardonnera, monsieur Marcos, je n'en doute pas.

— Pourquoi pensez-vous tout de suite à une femme ? Il ne faut pas accorder trop de crédit aux histoires des journalistes.

— Je ne lis jamais les chroniques mondaines, protesta-t-elle avec empressement.

— Vous me surprenez. A en juger par votre conversation avec Philippides, vous étiez au courant de mes moindres faits et gestes.

— Vous avez dû être déçu, si vous espériez entendre des choses flatteuses sur votre compte ! rétroqua Harriet posément. Mais les oreilles indiscrètes sont toujours punies. Au fait, comment avez-vous eu le numéro de téléphone de ma concierge ?

— Je le lui ai demandé, tout simplement, pour le cas où j'aurais besoin de vous joindre.

Il se pencha pour remplir son verre.

— Reprenez un peu de champagne. Cela vous rendra de meilleure humeur.

— Je ne crois pas. Nicky tient son mauvais caractère de ma famille, plaisanta-t-elle.

— Vous m'alarmez. Les Marcos ont également la réputation d'avoir un tempérament très fougueux.

— Pauvre Nicky ! Il a une hérédité chargée !

— Dormira-t-il jusqu'à demain sans se réveiller ?

— Je suppose. Je... Il est temps pour moi de rentrer, annonça-t-elle.

— Non. A mon avis, il vaut mieux rester ici.

Evitant son regard, Harriet se mit à fixer les dessins du tapis d'un air gêné.

— Je préfère partir.

— Pourquoi ? demanda-t-il avec irritation. Je ne comprends pas vos réticences. Peut-être avez-vous peur de succomber trop facilement à mes entreprises de séduction ?

Prudemment, elle reposa son verre de champagne.

— Oh non, détrompez-vous. Cependant, de tels propos ne sont guère rassurants.

Un pli sarcastique se creusa aux coins de ses lèvres.

— Que recherchez-vous, la sécurité ?

— Je ne suis pas venue ici pour discuter avec vous, ni pour me quereller, monsieur Marcos, répondit-elle d'une voix lasse. A présent je m'en vais.

— Non, restez, commanda-t-il impérieusement. Cela m'amuse de vous provoquer, je l'admets, mais je n'ai pas l'intention d'attenter à votre vertu. Si j'avais envie de me divertir, je choisirais une femme émancipée, pas une vierge effarouchée.

Harriet s'empourpra violemment. Pourquoi semblait-il tant mépriser son innocence ? Son intonation insultante la blessait. Sur le point de se récrier, elle s'abstint néanmoins de tout commentaire, car elle se méfiait des réactions imprévisibles de cet homme.

Le plus calmement possible, elle suggéra :

— Je partagerai la chambre de Nicky. Il s'y trouve un lit et...

— Non. Yannina dort auprès de lui. Vous dormirez là, déclara-t-il en lui indiquant une porte.

— Mais si Nicky se réveille...

— Yannina vous avertira. Pourquoi créer des problèmes quand il n'y en a pas ? On vous a déjà préparé votre chambre.

Harriet réprima un soupir de résignation.

— Très bien. Bonne nuit, monsieur Marcos.

Il lui lança un regard sardonique.

— Appelez-moi Alex. Et quittez cet air affolé ! Je ne forcerai pas votre intimité !

— Je suis simplement confuse de provoquer tout ce dérangement, monsieur Marcos.

— Je m'habitue à cette idée. Je vous ai dit de m'appeler Alex, ajouta-t-il comme elle se levait.

— Je n'en vois pas l'utilité. Nous... Nous sommes des étrangers.

Il éclata de rire.

— Vraiment ? Vous avez la mémoire courte. Des adversaires, peut-être, mais pas des inconnus.

Un instant, il contempla sa bouche pensivement. Sous ce regard noir, inquiétant, elle frémit intérieurement. Un sourire figé sur ses lèvres, elle inclina la tête et se dirigea vers sa chambre, dont elle referma la porte avec un immense soulagement.

La décoration soignée, dans des tons de beige et de marron, donnait à cette vaste pièce une atmosphère moelleuse, très confortable. Une impression d'extrême raffinement se dégageait de la salle de bains de cette suite somptueuse. Harriet n'avait jamais rien vu de si beau. Des verres fumés dissimulaient la baignoire et une immense glace recouvrait tout un pan de mur.

La jeune fille contempla un instant son reflet dans le miroir. Sa robe chemisier bleu marine accentuait sa minceur et la pâleur de ses traits. Des affaires de toilette étaient éparpillées sur les étagères. Dans l'odeur épicée qui flottait dans l'air, elle reconnut instantanément le parfum d'Alex.

Brusquement, le souvenir de son baiser l'assaillit. Pour la première fois de son existence, elle souhaita être quelqu'un d'autre : une femme pleine d'expérience, rompue aux mondanités, sûre de son charme, capable d'attirer Alex Marcos... Mais elle était timide, effacée...

Jamais elle ne pourrait adopter à l'égard du plaisir la désinvolture détachée des gens qui évoluaient dans le milieu de cet homme.

En retournant dans sa chambre, elle songea à Kostas. Les deux frères n'avaient aucun point commun. Mis à part une vague ressemblance physique, absolument rien ne les rapprochait.

En se remémorant avec quelle ferveur il aimait Becca, une nostalgie poignante la saisit. Kostas avait toujours entouré sa sœur de sa tendresse, de sa protection. A la naissance de Nicky, il était fou de joie et de fierté.

Impossible d'imaginer Alex dans une situation semblable... Le rôle de mari et de père comblé de bonheur ne seyait guère à son personnage de séducteur cynique, qui considérait les femmes comme de simples objets de plaisir.

— Je plains sa compagne, s'il se marie un jour, lui avait dit Kostas, une fois. Mais notre mère lui choisira sûrement une épouse discrète, qui fermera complaisamment les yeux sur ses infidélités.

« Jamais je ne consentirais à me soumettre à pareille comédie ! » songea Harriet avec véhémence. « Je serais horriblement jalouse ! »

Revenant brutalement à la réalité, elle s'effraya de s'abandonner à de telles pensées, et s'assit sur le bord du lit, les mains croisées. Ce fâcheux épisode aurait pu facilement être évité. Si elle n'avait pas perdu son sang-froid avec M. Philippides, jamais elle n'aurait rencontré Alex. En tout cas, pas dans les mêmes circonstances.

Pourquoi se sentait-elle aussi déprimée ? Elle essaya de se reprendre. Sa longue promenade dans Londres l'avait probablement beaucoup fatiguée et les provocations d'Alex avaient éprouvé sa nervosité. De plus, elle n'avait pas l'habitude de boire du champagne. Une bonne nuit de sommeil la remettrait sur pied.

Sur l'autre lit, elle aperçut une chemise de nuit de coton, très ample, dont le col montant et les manches longues s'ornaient de dentelle. Une nouvelle moquerie d'Alex, songea-t-elle aussitôt avec colère. Mais ce vêtement démodé appartenait sans doute à Yannina... Elle se déshabilla pour l'enfiler, en s'amusant beaucoup de ce déguisement inattendu qui semblait sortir tout droit d'une gravure du dix-neuvième siècle. Se rappelant tout à coup avoir laissé son sac dans le salon, elle entrouvrit prudemment la porte pour récupérer ses affaires de toilette.

La pièce était vide. Seule une petite lampe brillait encore dans un coin. Alex était sans doute parti tardivement à son rendez-vous. Ramenant dans une main les plis de sa chemise de nuit, elle se dirigea vers le sofa. Comme elle ramassait son sac, une clef tourna dans la serrure. Le cœur battant, elle rejoignit sa chambre en courant, mais renversa un guéridon sur son passage.

— Oh non ! murmura-t-elle en se baissant pour le redresser.

La porte s'ouvrit. En se relevant, elle croisa le regard d'Alex, où luisait une lueur étrange, indéfinissable.

— Je suis désolé, bredouilla-t-elle. Je... J'étais venue chercher ma brosse à dents.

Sans un mot, il traversa sa chambre pour la conduire dans la salle de bains, où il lui indiqua avec un geste d'impatience un placard renfermant des nécessaires de toilette, enveloppés dans du cellophane.

— Avez-vous besoin d'autre chose, Miss Masters ?

— Non... Si... Pourriez-vous me montrer comment fonctionne la douche ?

— Certainement, répondit-il avec une politesse glaciale, en réglant la température de l'eau.

— Merci infiniment.

Posant son sac sur une tablette, elle attendit son départ, mais il resta là, à la contempler, nonchalamment appuyé contre le mur.

— Pourquoi ne prenez-vous pas votre douche ? Dois-je encore vous aider ? demanda-t-il doucement.

La gorge d'Harriet se contracta nerveusement. Incapable de bouger, elle le regarda s'approcher, paralysée. D'un air détaché, il tendit la main pour déboutonner la chemise de nuit. Puis il en écarta lentement les pans pour effleurer d'une caresse la peau soyeuse de son cou et de ses épaules. Au comble de l'affolement, elle ne put retenir le vêtement trop large qui glissa sur son corps, le dénudant entièrement.

— Je ne voudrais pas me laisser emporter par la vision de votre beauté sans entendre votre consentement de votre bouche, déclara-t-il cyniquement.

Eberluée, Harriet fixa sur lui des yeux écarquillés d'effroi, tandis qu'il poursuivait :

— Je saisis parfaitement l'habileté de votre stratagème. Soit vous me provoquez pour mieux vous refuser ensuite, soit vous vous offrez à moi. De toute manière, vos intentions sont claires : vous vous servez de vos charmes dans le but de fléchir mes décisions concernant Nicos. Mais je vous avertis, ma chère, vos tactiques resteront sans effet sur moi. De plus, je n'accepterai pas le sacrifice de votre vertu pour de tels motifs.

Le visage blême, elle s'écria d'une voix étranglée :

— Vous êtes … ignoble !

— Ah ! Vous avez changé d'avis ? lança-t-il sur un ton moqueur, en s'écartant.

— Je... Jamais je n'ai eu l'intention...

— Non ? la coupa-t-il en haussant les sourcils d'un air septique. Alors il s'agit sans doute d'une série de coïncidences troublantes. Pourquoi vous trouviez-vous dans le salon à mon retour, dans cet accoutrement ? Pourquoi avez-vous insisté pour me retenir ici ?

Ramassant la chemise de nuit pour s'en envelopper pudiquement, Harriet répliqua d'une voix tremblante :

— Vos abominables insinuations sont dénuées de tout fondement. D'ailleurs, je suis ici contre mon propre gré. Je n'avais absolument pas envie de vous revoir ! Et l'idée de... de vous séduire ne m'a certainement jamais effleurée !

Elle s'interrompit pour reprendre son souffle et ajouta furieusement :

— Quant à la douche, cela vous paraît sans doute incroyable, mais je ne suis pas parvenue à la faire fonctionner, tout à l'heure. Je n'ai pas l'habitude d'utiliser des installations aussi sophistiquées.

— Eh bien, profitez-en ! maugréa-t-il entre ses dents, avec une colère sourde.

Brutalement, il la souleva dans ses bras, et la posa dans la baignoire, sous le jet. Suffoquée, Harriet trébucha dans sa chemise de nuit trempée et tomba à genoux, tandis que la porte claquait avec fracas.

Tremblante de rage, elle réussit à fermer les robinets, se sécha promptement, et se précipita vers le refuge de sa chambre. Là, en enveloppant ses cheveux dégoulinants d'une serviette, une envie de pleurer incoercible s'empara d'elle. L'espace de quelques brefs instants, nue dans les bras d'Alex, elle avait éprouvé pour lui un désir vertigineux... Elle avait frôlé la catastrophe... Ne voulant surtout pas figurer sur la liste déjà longue de ses conquêtes, elle n'osait pas encore s'avouer la réalité...

Si Nicky n'avait pas risqué de la réclamer le lendemain matin, elle serait repartie sur le champ, même à pied...

Elle se glissa dans son lit. Il faisait chaud. Pourtant, elle frissonna longtemps, en cherchant vainement le sommeil. Lorsqu'enfin elle s'endormit, des images troublantes, inquiétantes, hantèrent ses rêves. Elle se vit seule, complètement perdue et abandonnée. Et puis, soudain, des bras puissants se refermèrent autour d'elle pour la consoler. Ses larmes se tarirent, et elle s'épanouit comme une fleur au soleil, en murmurant avec un sourire de bonheur : « Alex »...

4

Ce rêve l'avait terriblement ébranlée. Lorsqu'elle ouvrit les yeux, le lendemain matin, elle ne savait plus où elle était, mais sa première pensée fut pour Alex. Puis, Yannina frappa doucement à sa porte.

— *Thespinis* Masters, l'enfant vous réclame.

— J'arrive tout de suite.

Tout en faisant une toilette rapide, elle surveilla avec inquiétude la porte communiquant avec la chambre d'Alex. L'absence de bruit la rassura un peu. Dès qu'elle fut habillée, elle rejoignit Nicky. Assis à une petite table, en pyjama, il contemplait son assiette de céréales avec une mine boudeuse.

— Bonjour, mon chéri. Tu n'as pas faim ?

Un sourire éclaira aussitôt le visage de Nicky, et il se mit à dévorer de bon appétit.

— Il a besoin de vous, *thespinis,* soupira Yannina tristement. Avez-vous bien dormi ?

— Oui.

Harriet hésita, avant d'ajouter :

— Yannina, il s'est produit un petit incident, hier soir. J'ai malencontreusement mouillé votre chemise de nuit, en essayant les robinets de la douche.

— Oh, ce n'est pas bien grave, *thespinis ;* il ne faut pas vous tracasser pour si peu.

Dieu merci, elle ne prêta pas attention au rougissement de la jeune fille et ne soupçonna rien. Harriet s'attarda le plus longtemps possible avec Nicky. Il considérait déjà Yannina comme sa servante, remarqua-t-elle avec une grimace désabusée. Mais elle ne formula aucune critique. Elle n'avait plus son mot à dire sur le sujet de son éducation...

Plusieurs fois, Yannina lui suggéra d'aller prendre son petit-déjeuner. Au bout du compte, il lui fallut bien se résoudre à retourner dans le salon. Absorbé dans la lecture des journaux financiers, Alex se leva courtoisement à son approche, une expression sévère, énigmatique, figée sur ses traits... l'invita à s'asseoir. Il avait négligemment posé sa veste sur le dossier de sa chaise, et sa chemise blanche, immaculée, faisait ressortir sa peau mate et bronzée. S'efforçant de masquer son trouble, Harriet s'installa en face de lui.

— Un jus d'orange ? s'enquit-il. Des croissants ? Ou préféreriez-vous des œufs au bacon ?

Elle secoua la tête. Comme par enchantement, un serveur apparut avec du café, des toasts et des brioches chaudes. La jeune fille ne résista pas à la bonne odeur de pain grillé, et commença à manger, tandis qu'Alex se replongeait dans son article. Lorsqu'enfin il replia son journal, elle se décida à rompre le silence pesant :

— Je vais rentrer chez moi. Nicky est rassuré. Tout se passera bien.

— Je crains de ne pas partager votre optimisme... Nicos s'est-il tout de suite accoutumé à vous, après la mort de mon frère et de sa femme ?

Elle hésita.

— Il a été très perturbé, naturellement. Mais... Il me connaissait depuis toujours, car je vivais sous leur toit. Bien sûr, il réclamait constamment ses parents. Cela lui arrive encore, d'ailleurs.

— Que lui répondez-vous ?

— J'élude ses questions. Généralement, je parviens à le distraire par un jeu, une histoire. A vrai dire, je ne sais

44

pas trop comment m'y prendre. Il est trop jeune pour comprendre la vérité.

Il se contenta de hocher la tête, sans commentaire. Reposant sa serviette sur la table, Harriet annonça :

— Je m'en vais, maintenant.

— Pourquoi ? Vous avez un rendez-vous urgent ?

— Non, bien sûr. Nous sommes dimanche.

— Que faites-vous, d'ordinaire, ce jour-là ?

Elle haussa les épaules.

— Le ménage... Puis je prépare le déjeuner, et quand il fait beau, j'emmène Nicky en promenade.

— Justement, le temps est superbe. Profitons-en pour sortir avec Nicos.

— Non. Je... J'ai d'autres occupations.

Il lui jeta un regard sarcastique.

— Nicos n'est-il pas le centre de votre vie ?

— Il ne le sera plus, désormais, répliqua-t-elle sur un ton neutre. Je dois m'accoutumer à cette idée.

— Ce n'est peut-être pas aussi simple, malheureusement. A en juger par ses réactions, il aura besoin d'une période d'adaptation. J'apprécierais beaucoup votre aide, Miss Masters.

Ignorant son intonation moqueuse, elle s'écria :

— Pourtant, vous vouliez l'éloigner de moi définitivement !

— Je n'avais pas conscience de son état de dépendance envers vous. Vous vous êtes rendue indispensable auprès de lui.

— Oh, je suis sincèrement désolée ! lança-t-elle, sarcastique. J'aurais sans doute dû le maltraiter, le négliger, pour vous faciliter les choses. Mais comment aurais-je imaginé que vous surgiriez dans notre vie comme...

— Un tyran ? suggéra-t-il d'une voix ironique.

— Exactement.

Après un silence, il reprit sur un ton mielleux :

— Etes-vous toujours aussi irascible et agressive ?

— Non. Je m'entends généralement bien avec tout le monde. Je suis d'un naturel sociable.

— Eh bien tâchez de faire un effort avec moi, pour Nicos. Il nous faut avant tout songer à son bien-être et à son épanouissement, n'est-ce-pas ?

— En effet.

Que répondre à celà ?... Sa colère et son hostilité la quittèrent subitement, comme si Alex Marcos avait tout à coup brisé sa carapace défensive. Elle poussa un soupir de lassitude.

— Je suis d'accord avec vous sur ce point, naturellement.

— Vous montrez enfin de plus sages dispositions ! se moqua-t-il. Vous acceptez de nous tenir compagnie aujourd'hui ?

— Oui. Pour Nicky.

Ils passèrent la matinée à Hyde Park, et déjeunèrent au bord de l'eau, dans un cadre ravissant. Nicky se conduisit d'une manière irréprochable. Il se rengorgea quand Alex le félicita, et Harriet nota avec une certaine amertume les progrès de leurs relations. Elle eut honte de sa jalousie, lorsque, à la fin du repas, le petit garçon tendit les bras vers son oncle.

Les occupants des tables voisines les observèrent avec curiosité. De toute évidence, le personnage d'Alex Marcos ne passait pas inaperçu. En allant se recoiffer, Harriet surprit une remarque extrêmement désagréable à leur sujet :

— Cet endroit devient sûrement à la mode, proclamait un homme aux cheveux gris, très corpulent. Le richissime Alex Marcos est installé sur la terrasse avec l'une de ses maîtresses, et le fruit de leur péché !

Quand il éclata d'un rire bruyant, Harriet l'aurait volontier giflé... Dans les toilettes, elle considéra longuement son reflet dans le miroir. Elle ne ressemblait pourtant pas aux habituelles conquêtes d'Alex Marcos ! Sa simplicité, son manque total de sophistication, le repousseraient plutôt ! D'ailleurs, la scène de la veille le prouvait bien.

Elle y avait beaucoup réfléchi. En fait, la cruauté apparente d'Alex masquait une certaine gentillesse. Au lieu de l'ignorer, tout simplement parce qu'elle ne correspondait pas au style de femme qui lui plaisait d'ordinaire, il avait fait semblant de s'intéresser à elle, tout en lui laissant l'initiative du refus. Cet homme plein d'expérience avait naturellement deviné quels sentiments il avait éveillés. Mais pour ne pas infliger de souffrances inutile à Harriet, il lui avait porté un coup fatal, afin de ne pas l'entretenir dans de fausses illusions.

Comme elle avait honte de l'avoir poussé à de telles extrémités ! Ne sachant pas dissimuler ses émotions, elle s'était naïvement trahie le premier soir, quand il l'avait embrassée. Mais Alex Marcos n'avait éprouvé aucun désir, il s'était fait un point d'honneur à le lui rappeler. Cyniquement, il avait seulement cherché à la provoquer, et avait trop bien réussi. A présent, il tenait à définir clairement les limites de leurs rapports. C'est pourquoi il la traitait avec cette courtoisie hautaine, détachée.

Avec un soupir résigné, elle remit son rouge à lèvres dans son sac, sans même se remaquiller. A quoi bon ? Alex Marcos ne remarquerait rien, de toute façon...

Lorsqu'elle regagna la voiture, Alex et Nicky n'y étaient pas. Mais elle les aperçut bientôt, main dans la main. Nicky trottait allègrement aux côtés de son oncle, qui lui glissait des petits regards furtifs, d'une douceur étonnante.

Comme ils se ressemblaient ! Le même teint mat, les mêmes cheveux noirs... On les prenait facilement pour le père et le fils.

— Je suis désolé de vous avoir fait attendre, s'excusa poliment Alex. Nicos avait envie de s'approcher des cygnes pour leur donner du pain.

Elle se força à sourire.

— Il n'en avait encore jamais vu. Il connaissait seulement les canards.

— Eh bien, il est temps d'élargir ses horizons.

— Par un voyage en Grèce ?

Comme le chauffeur installait l'enfant sur la banquette arrière, Alex saisit brutalement le poignet de la jeune fille.

— Etes-vous toujours déterminée à me contester ce droit ? questionna-t-il à mi-voix.

Incapable de soutenir l'arrogance de son regard, elle détourna les yeux.

— Je ne sais pas... Lâchez-moi, vous me faites mal.

Il marmonna quelque chose en grec et la libéra brusquement. Assis entre eux deux, Nicky babilla pendant tout le trajet du retour. Harriet brûlait d'envie de le câliner, mais elle préféra s'abstenir. Ce n'était certainement pas le meilleur moyen de se détacher de lui...

— Cela ne vous ennuierait pas de me déposer devant chez moi ? demanda-t-elle. Vous avez sûrement envie de passer le reste de l'après-midi avec Nicky.

— Ne jouez pas aux martyres ! railla-t-il. Il vaut mieux rester tous les trois ensemble, pour le cas où un nouveau caprice éclaterait.

— Cela me semble très improbable. Il s'est maintenant habitué à vous...

— Dès que vous disparaissez de sa vue, il commence à s'inquiéter, observa-t-il impatiemment. Rien ne peut le distraire.

— Pourtant, Manda, sa nourrice, n'a jamais eu aucun problème.

— Parce que vous revenez le chercher tous les soirs. Il le sait.

— Vous avez toujours l'air de me reprocher quelque chose, protesta-t-elle avec ressentiment. Il fallait bien prendre une décision, après...

Elle s'interrompit un instant, pour tâcher de recouvrer son calme.

— Les autorités m'avaient suggéré de le placer chez des parents adoptifs. Mais j'aurais eu l'impression de trahir Kostas et Becca. Comment aurais-je pu prévoir la suite des événements ?

— Vous auriez dû vous en douter. Kostas ne vous a jamais parlé de notre sens du devoir, de notre attachement aux valeurs sacrées de la famille ?

— Ce n'était pas évident dans vos relations avec lui, objecta-t-elle d'une voix mal assurée.

Alex grimaça un sourire sardonique.

— Kostas aurait fini par revenir. Sa crise d'indépendance se serait calmée. Il se serait rendu compte de son erreur, et son engouement pour votre sœur se serait estompé, fatalement.

Elle ouvrit la bouche pour riposter, mais un gémissement plaintif de Nicky l'arrêta. Sans comprendre leur conversation, la sensibilité de l'enfant souffrait de leur hostilité manifeste. Avec un soupir d'impuissance, elle se détourna, les larmes aux yeux.

De retour à l'hôtel, dans la suite d'Alex, elle s'enferma dans la salle de bains pour passer de l'eau fraîche sur ses tempes brûlantes. Pourquoi Alex nourrissait-il une telle amertume à l'égard deKostas et de Becca ? Même s'il reprochait à son frère de s'être marié au-dessous de son rang, quelle importance cela avait-il maintenant ?

Si seulement il avait pu rencontrer Becca... Son charme et sa gaîté l'auraient conquis, sans aucun doute...

Lorsqu'elle eut enfin maîtrisé ses émotions, elle retourna dans le salon. Debout près de la fenêtre, Alex la dévisagea pensivement.

— Où est Nicky ? s'enquit-elle d'un air surpris.

— Yannina est sortie avec lui. Il m'a semblé préférable de poursuivre notre discusion en privé.

— C'est parfaitement inutile. Je... Je ne gagnerai jamais contre vous. Je ne peux pas vous empêcher d'emmener Nicky. Ce serait très égoïste de ma part de le priver d'une existence facile, sans souci... Je l'ai toujours su, sans vouloir l'admettre. Mais... Vous serez gentil et affectueux avec lui, n'est-ce-pas ? Ne le blâmez pas injustement d'être l'enfant de Becca en même temps que celui de votre frère.

— Quelle opinion avez-vous donc de moi ? rugit-il furieusement. Je ne suis pas un monstre !

Impressionnée par le ton de sa voix, Harriet redressa cependant le menton avec défi.

— De toute manière, mon point de vue n'a aucune importance. Cela ne changera rien à vos intentions. M'autoriserez-vous à lui écrire, lorsqu'il sera plus grand, à lui envoyer des cadeaux de Noël ?

Il poussa un juron et s'approcha, hors de lui.

— Asseyez-vous, ordonna-t-il.

Elle obéit craintivement. Prendrait-il place à côté d'elle ? A cette pensée, insupportable, tout son corps se raidit. Mais il demeura debout, la dominant de toute sa hauteur, les sourcils froncés d'un air menançant.

— Oui, j'avais résolu d'emmener Nicos, commença-t-il, glacial. Mais j'ignorais combien votre présence lui était devenue nécessaire. Ce serait une cruauté insensée de le séparer de vous brutalement. Il nous faut donc aboutir à un compromis.

Interloquée, elle attendit la suite anxieusement.

— Quand nous partirons pour la Grèce, vous nous accompagnerez.

Elle bondit aussitôt sur ses pieds, en lui jetant un regard horrifié.

— Non ! Non, je ne veux pas. C'est impossible.

— Pourquoi ?

« Parce que je ne veux plus vous revoir. J'ai trop peur de souffrir », répondit-elle intérieurement.

— Je dois songer un peu à moi, maintenant, dit-elle à voix haute. De plus, je ne peux pas courir le risque de perdre mon emploi. Mon directeur s'est montré très compréhensif jusqu'à maintenant, mais il ne m'autorisera plus d'absence prolongées…

— Votre travail passe avant Nicos ?

— Non, naturellement !

— De toute façon, je veillerai à assurer votre sécurité matérielle. Vous retrouverez un poste ; mon influence devrait suffire à vous donner toutes garanties à ce sujet.

— Je ne demande pas la charité.

— Ne soyez pas ridicule, rétroqua-t-il impatiemment. Il faut absolument nous mettre d'accord avant votre départ.

Tout allait trop vite. Elle n'avait plus le temps de penser…

— Je ne comprends pas votre résistance ! reprit Alex. D'abord, vous vous révoltez à l'idée d'être séparée de Nicos, et maintenant, vous refusez de l'accompagner !

— Evidemment, tout paraît simple, pour vous. Vous prenez toutes les décisions, sans me consulter. Je n'ai qu'à me soumettre à votre bon plaisir ! Vous vous moquez bien de bouleverser ma vie !

Il haussa les épaules.

— Etes-vous vraiment heureuse, comblée par l'existence ?

Harriet se raidit nerveusement. Pourquoi avait-il toujours le dernier mot ? Elle avait beau chercher, aucun argument valable ne surgissait à son esprit.

— Il y a sûrement une raison à votre obstination, insista-t-il. Un homme peut-être ?

— Non.

Elle regretta immédiatement d'avoir rejeté la seule excuse plausible…

— Dans ce cas, votre entêtement constitue le seul problème à résoudre. Vous avez vu dans quel état était Nicos hier soir. Il est de votre devoir de lui épargner un traumatisme.

— Ma présence en Grèce auprès de lui n'arrangera pas la situation. Cela reculera l'échéance de la séparation, tout simplement. Le choc sera peut-être encore plus douloureux quand je partirai.

— Je ne suis pas d'accord.

Il ôta sa veste, desserra son nœud de cravate, et se laissa tomber avec lassitude sur les coussins du canapé.

— Je compte emmener Nicos dans ma maison de Corfou. Ma mère vit là-bas, avec sa sœur. Quand il se sera habitué à son nouvel environnement, vous pourrez voyager, visiter les îles, Athènes. Il s'accoutumera progressivement à vos absences.

— Vous pensez à tout ! Comment me présenterez-vous à votre famille ? Comme sa nurse anglaise ? Je ne serai probablement pas la bienvenue.

— Il n'est pas question de dissimuler votre lien de parenté avec lui.

Harriet poussa un soupir résigné.

— Quelle sera la durée de mon séjour ?

Sa capitulation ne suscita aucune réaction. Les yeux noirs d'Alex Marcos demeurèrent impassibles, énigmatiques.

— Je l'ignore, Harriet. Tout dépendra de Nicos. Quand pensez-vous être prête à partir ?

— Je ne sais pas. Il me faut un passeport...

Il fronça les sourcils, incrédule.

— Vous n'avez jamais quitté l'Angleterre ?

— Non. Les voyages coûtent cher, monsieur Marcos.

— Alex, rectifia-t-il impérieusement. Ces cérémonies deviennent ridicules entre nous.

— Bien, monsieur, murmura-t-elle.

Soudain, il éclata de rire.

— Je n'ai jamais reçu d'invitée aussi réticente ! Mais Corfou vous plaira. C'est une île superbe.

— Shakespeare s'en est inspiré pour écrire « La Tempête », n'est-ce-pas ?

— La légende le dit, en effet. Cela la rend-il plus attrayante à vos yeux ?

— De toute manière, peu m'importe le décor, répliqua-t-elle froidement. J'y vais uniquement pour m'acquitter de mes obligations envers Nicky.

Le visage d'Alex se rembrunit.

— Naturellement... Nicos aura besoin d'un nouveau trousseau, de vêtements plus légers...

— Je ne l'amènerai pas en hâillons !

— Harriet, parfois, j'ai envie de vous gifler !

« Vous n'oseriez pas ! » faillit-elle rétorquer. Mais devant son air résolu, elle se ravisa et se tint coite.

— Philippides vous avancera l'argent nécessaire, reprit-il.

— J'ai parfaitement les moyens...

S'interrompant avec un haussement d'épaules, elle capitula ;

— Comme vous voudrez.

— Je me réjouis de vos meilleures dispositions, ironisa-t-il. Si vous avez le moindre problème, n'hésitez pas à contacter Philippides.

Comme elle l'interrogeait du regard, il lui annonça :

— Je repars demain pour Athènes. Mais je tâcherai d'être à Corfou pour vous accueillir.

— Ce serait très important pour Nicky de vous retrouver là-bas.

— Naturellement, acquiesça-t-il avec un léger sourire.

Le téléphone sonna impérieusement et il se leva pour répondre. La bataille était finie. Il avait gagné. Harriet frissonna involontairement en observant sa démarche féline, assurée. Malgré elle, sa prestance l'impressionnait plus que de raison...

— Oui ? lança-t-il abruptement en décrochant.

Immédiatement, ses traits se radoucirent.

— Comme c'est gentil de m'appeler... Non, bien sûr, je n'avais pas oublié... A ce soir.

Les yeux baissés, Harriet l'écoutait avec un curieux pincement au cœur. A qui parlait-il ? Vicky Hanlon ? Ou quelqu'une de ses innombrables conquêtes ? En relevant la tête, elle croisa son regard amusé, comme s'il lisait dans ses pensées. Stupidement, elle s'empourpra.

— A quelle heure revient Yannina ? demanda-t-elle pour cacher son embarras. Je dois rentrer pour la sieste de Nicky. Sinon il sera très fatigué.

— Il pourrait dormir ici, suggéra Alex.

— Non. De toute manière, vous avez d'autres projets. Nous vous dérangerions.

— Mon rendez-vous est fixé beaucoup plus tard dans la soirée. Pourquoi êtes-vous si pressé de vous enfuir, Harriet ?

— Je ne le suis pas, protesta-t-elle faiblement.

— Vous ne pourrez pas vous sauver, à Corfou.

— Vous semblez déterminé à me rendre la vie difficule, n'est-ce-pas ?

— J'essaye seulement de vous préparer, ma petite Harriet. Rien ne sera simple, pour aucun de nous. Ni ma mère, ni sa sœur Zoé n'ont jamais pardonné à Kostas... son mariage. Le nom de sa femme n'est jamais mentionné dans notre maison. Il faut vous attendre à affronter du ressentiment, de l'hostilité, peut-être. Etes-vous prête à supporter ces... désagréments, pour Nicos ?

« Pour Nicos, et pour vous aussi » ; songea-t-elle. C'était pure folie, mais elle aurait bravé n'importe quelle épreuve pour revoir cet homme...

Très doucement, elle hocha la tête.

— Oui. Pour Nicky.

Si seulement la réalité était aussi simple...

5

Quand l'avion piqua vers la piste d'atterrissage, Harriet s'agrippa convulsivement aux accoudoirs de son fauteuil. Assis sur ses genoux, Nicky se mit à pleurnicher ; elle le ressura tendrement, par des cajôleries. Elle-même, en proie aux plus vives appréhensions, aurait eu bien besoin de réconfort.

M. Philippides lui avait témoigné beaucoup de gentillesse et d'amabilité au cours de ces dernières semaines. Inconsciemment, elle avait souhaité voir surgir quelqu'obstacle insurmontable à ce voyage, mais tous les problèmes avaient été résolus avec une promptitude et une facilité étonnantes. Redoutant un nouvel éclat de la jeune fille, M. Philippides s'était d'abord montré extrêmement prudent, mais peu à peu, ses manières s'étaient radoucies. De plus Nicky l'avait conquis.

Harriet contempla affectueusement le visage plaintif de l'enfant. Il avait été d'une sagesse exemplaire pendant le vol. Seuls le décollage et l'atterrissage l'avaient effrayé. En fait, sa tante avait beaucoup plus mal supporté son baptême de l'air. Quelles épreuves l'attendaient à Corfou ? La perspective de ce séjour l'angoissait terriblement. D'ailleurs, les allusions discrètes de M. Philippides avaient renforcé ses craintes. Visiblement, il ne comprenait pas pourquoi Alex Marcos avait changé d'avis. Selon lui, Harriet aurait mieux fait d'accepter l'offre généreuse de *Kyrios* Alex et de se résigner à se séparer de l'enfant.

A présent, le courage lui manquait. Elle avait l'impression d'être jetée dans une fosse aux lions, sans aucun moyen de défense... L'étroitesse d'esprit de la famille Marcos continuait à l'atterrer. Pourquoi avaient-ils condamné irrévocablement le mariage de Kostas et Becca ? Au vingtième siècle, une telle attitude était totalement incompréhensible.

Un jour, elle avait essayé d'aborder le sujet ouvertement avec M. Philippides :

— Pourquoi veulent-ils à tout prix récupérer Nicky, s'ils sont si intransigeants ?

Embarrassé, M. Philippides avait marmonné une vague réponse concernant un héritier mâle.

— Si seulement Kostas et Becca avaient eu une fille ! s'était-elle écrié avec véhémence. Les Marcos nous auraient laissés en paix !

Comme elle regrettait la routine monotone de son existence, maintenant... Son cœur se mit à battre plus fort dans sa poitrine. Déjà les passagers se levaient pour se diriger vers la sortie, en bavardant joyeusement. Harriet chercha ses lunettes de soleil dans son sac. Ils étaient partis de Londres sous la pluie, mais le ciel de Corfou éclatait d'une lumière intense, aveuglante.

A ses côtés, Nicky se mit à sautiller d'impatience. La bouche sèche, sa tante le retint par la main. Tout en se trémoussant, l'enfant lui lança un regard de reproche.

— *Thio* Alex, murmura-t-il plaintivement.

Il serait peut-être déçu... M. Philippides les avait accompagnés pour s'occuper d'eux au cas où les affaires d'Alex Marcos ne lui permettraient pas de les accueillir. La veille de leur départ, il avait évoqué avec inquiétude les difficultés à New York et Rio de Janeiro...

Au bureau de l'immigration, les formalités furent promptement expédiées, mais il leur fallut attendre leurs bagages un certain temps. Avant de quitter l'An-

56

gleterre, Harriet avait suivi les conseils de Manda et dépensé toutes ses économies à renouveler sa garde-robe. Au moins, elle n'aurait pas l'air d'une parente pauvre. Manda l'avait gentiment accompagnée dans les magasins. Sans ses exhortations, Harriet n'aurait jamais osé faire de telles folies.

— Je vais à Corfou pour m'occuper de Nicky, pas pour me prélasser sur la plage et assister à des réceptions, avait-elle protesté.

Mais son amie avait écarté ses objections avec insistance.

— Et ces voyages dans les îles ? Tu ne peux pas partir en croisière avec tes petits tailleurs sages !

A présent, Harriet se félicitait de pouvoir faire bonne figure chez les Marcos. Cela lui donnerait plus d'assurance pour affronter leur clan. Pour son arrivée, elle avait revêtu un joli ensemble en lin, à la jupe vague et ample.

En entendant M. Philippides saluer quelqu'un, elle se retourna avec un sursaut. Le chauffeur d'Alex lui adressa un large sourire, et, se chargeant des valises, les conduisit vers la sortie.

Nicky courut devant avec M. Philippides, mais Harriet resta en arrière, la gorge nouée.

Il était là. Malgré la foule nombreuse qui se pressait aux abords de l'aéroport, elle l'aperçut aussitôt. Avec un cri de joie, Nicky se précipita vers son oncle, qui le souleva dans ses bras pour l'embrasser.

Les jambes d'Harriet chancelèrent. Discrètement, elle essuya ses mains moites avant de rejoindre le petit groupe.

— Bienvenue à Corfou, Harriet. Avez-vous fait bon voyage ? s'enquit-il poliment.

— Oui, merci, articula-t-elle faiblement, en s'installant à l'arrière de la voiture, avec lui et Nicky.

M. Philippides prit place à côté du chauffeur, qui démarra promptement.

— Il nous faut traverser toute l'île pour aller chez moi, annonça Alex.

La jeune fille hocha la tête et se renfonça dans la banquette avec un soupir. Tournant la tête du côté d'Alex, elle croisa son regard qui la détaillait sans vergogne. Horriblement gênée, elle se raidit et lissa sa jupe sur ses genoux. Il ne fit aucun commentaire, mais un sourire sardonique se peignit sur ses lèvres tandis qu'il se penchait vers Nicky qui réclamait son attention en le bombardant de questions, dans son langage maladroit.

Pour masquer son embarras, Harriet fit mine de s'absorber dans la contemplation du paysage. Peu à peu, le spectacle, le bruit, les odeurs, envahirent son esprit, et elle commença à se détendre. Comme elle comprenait l'engouement des touristes pour cette île de rêve ! Quel décor merveilleusement exotique ! Sous la lumière d'or du soleil éclatait une profusion de couleurs superbes, de fleurs splendides.

Au bord de la route, un marchand de pastèques vantait sa marchandise aux touristes de passage. Une bande de jeunes gens affamés s'était arrêté, et dévorait avidement d'énormes tranches de ces fruits pulpeux, à la chair rouge et sucrée.

Bercé par le ronronnement du moteur, Nicky commençait à s'endormir. Très doucement, elle posa la tête de l'enfant sur ses genoux. Alex et Philippidès conversaient en grec, maintenant. Pendant quelques minutes, elle écouta les sonorités étranges de cette langue harmonieuse, très rythmée.

La route grimpait, à présent. Au-dessous, dans la vallée, les plantations d'oliviers dessinaient des taches vertes. Des odeurs de jasmin et de citron flottaient dans l'air pur. La route sinueuse longeait un précipice, mais le chauffeur conduisait vite ; les pneus crissaient dans les virages.

— Détendez-vous, Stavros connaît bien le chemin, lui dit Alex.

Elle sursauta légèrement.

— Nous risquons un accident, si quelqu'un arrive en face, répliqua-t-elle avec raideur.

— Ne vous inquiétez pas. Admirez plutôt le paysage.

Les collines se détachaient en gris et mauve sur l'azur. Abrités derrière des rideaux de cyprès, des hameaux aux maisons blanches rompaient la monotonie des champs cultivés. Des ânes chargés de lourds fardeaux trottinaient sur les sentiers escarpés et des chèvres broutaient l'herbe rare des talus. Comme le vacarme et l'agitation de la ville semblaient loin !

— Il n'y a même pas de touristes ! s'étonna-t-elle à mi-voix.

— Oh, ils passent souvent par ici. Mais généralement ils ne s'arrêtent pas. Ils prennent cette route pour se rendre à Paleo.

Comme elle l'interrogeait du regard, il expliqua :

— Paleocastritsa, une célèbre station balnéaire. Il s'y trouve un très beau monastère, avec de superbes icônes.

— Vous habitez près de là ?

Il secoua la tête.

— Ma maison se situe un peu plus loin sur la côte, à l'écart des endroits trop touristiques.

— J'imagine… Vous avez sans doute une plage privée ?

— Pas très grande cependant, et assez rocailleuse. Le sentier qui y mène est très abrupt. Il faudra surveiller Nicos. J'ai déjà donné des ordres pour installer une barrière soigneusement verrouillée, pour l'empêcher de descendre seul. Savez-vous nager ?

— Bien sûr.

— Assez bien pour donner des leçons à Nicos ?

— Je crois.

— Parfait. Vous lui apprendrez dans la piscine.

Ils tournèrent dans un étroit chemin pierreux bordé d'orangeraies en fleurs, dont le parfum embaumait.

Soudain, devant eux, apparut le miroir turquoise de la mer. Harriet en eut le souffle coupé. La beauté de l'île l'avait déjà conquise. Du coup, elle avait momentanément oublié ses appréhensions.

Le paysage changeait. Les cultures cédaient la place à une végétation sauvage, exubérante. Des teintes roses, pourpres, violettes, ponctuaient de taches vives la terre aride, chauffée par le soleil.

Soudain, Harriet distingua la propriété des Marcos, au milieu de vertes pelouses parsemées de roses aux couleurs éclatantes. La villa la surprit. Elle s'était vaguement imaginé une sorte de palais, mais la demeure aux murs blancs envahis par la vigne vierge, s'accordait parfaitement au décor de Corfou. Des fleurs pendaient des balcons en fer forgé du premier étage. Dans la cour, un jet d'eau jaillissait d'une fontaine où souriait une naïade de pierre.

Hormis le chant des cigales, aucun son ne troublait le silence de cette journée écrasée de torpeur.

« Comme c'est beau ! » songea Harriet en s'efforçant de dominer les craintes qui, de nouveau, l'assaillaient. Alex prit l'enfant endormi dans ses bras et lui caressa affectueusement la joue quand il se réveilla en jetant autour de lui un regard étonné.

Yannina apparut sur le seuil, le visage rayonnant de joie.

— Ah, mon petit chéri !

Nicky bondit à terre pour se précipiter vers elle. Malgré elle, Harriet éprouva une horrible jalousie. Pourtant, tout était pour le mieux. Si Nicky s'adaptait rapidement à son nouvel environnement, elle pourrait reprendre tranquillement le cours de son existence.

Mais quelle serait sa vie, désormais ? Les perspectives semblaient bien sombres... M. Philippides lui avait parlé d'un emploi au sein de la Compagnie Marcos, mais elle n'avait aucune envie d'accepter la protection d'Alex. Son seul désir était de l'oublier, le plus vite possible. Si elle travaillait pour lui, son souvenir continuerait à la tourmenter...

Elle sursauta lorsqu'il lui prit le bras pour l'escorter jusqu'à la porte de la villa. Il régnait à l'intérieur une fraîcheur bienfaisante, agréable. Elle le suivit anxieusement sur le sol dallé de marbre. Brusquement, au seuil d'un vaste salon, elle marqua une hésitation et s'immobilisa. Nicky quitta Yannina pour venir glisser une main confiante dans la sienne. Elle la serra convulsivement, rassembla tout son courage, et entra.

Deux silhouettes sombres, vêtues de noir, se tenaient au milieu de la pièce. Le satin de leurs robes et leurs lourds bijoux portaient témoignage de leur richesse. Dans leurs yeux luisait une hostilité hautaine, arrogante.

La pression des doigts d'Alex se referma sur le bras d'Harriet.

— Mama, Zoé, je vous présente *thespinis* Masters, annonça-t-il d'une voix plaisante. Elle est venue d'Angleterre nous amener Nicos.

Mme Marcos esquissa un sourire contraint, mais sa sœur lança à la jeune fille un regard meurtrier, en marmonnant des propos agressifs, dans sa propre langue.

Sur un ton toujours très aimable, Alex reprit :

— Harriet ne parle pas grec. Nous nous appliquerons donc à utiliser l'anglais en sa présence.

— Bienvenue chez nous, *thespinis*, déclara Mme Marcos avec froideur, dans un anglais impeccable.

Dans sa bouche, ces paroles sonnaient comme une insulte, mais son visage se radoucit sensiblement lorsque ses yeux se posèrent sur Nicky. Harriet crut même voir des larmes d'émotion perler à ses paupières... En tout cas, la vieille dame les refoula immédiatement.

Caché dans les jupes de sa tante, Nicky n'était visiblement pas très rassuré. Harriet tâcha de le réconforter par un sourire, mais son menton tremblait déjà...

— Voilà donc l'enfant de Kostas, lança Zoé d'une voix grinçante, avec un fort accent.

En l'entendant, Nicky commença à pleurer, et les deux femmes l'observèrent avec un étonnement empreint de dignité.

Yannina s'approcha.

— Pardonnez-le, *kyria*, il est très fatigué, après un si long voyage.

Tandis qu'elle le prenait dans ses bras, Mme Marcos commanda :

— Il vaut mieux l'emmener dans sa chambre. Vous aussi, *thespinis* Masters, allez-vous reposer. Alex, tu as eu deux coups de téléphone, un d'Athènes, l'autre de Paris. Tu dois rappeler tout de suite.

Yannina se tourna vers Harriet avec une hésitation.

— Suivez-moi. Androula vous montrera votre chambre.

En sortant, la jeune fille jeta un dernier regard sur cette pièce à l'atmosphère lourde, inquiétante. Une domestique en robe noire et tablier blanc s'avança :

— Par ici, *thespinis*.

Les talons d'Harriet résonnèrent sur les marches de l'escalier de marbre, monumental. Elle risqua un sourire en direction d'Androula, mais la bonne demeura impassible. De toute évidence, elle suivait l'exemple de la maîtresse de maison...

Sur le palier du premier étage, Androula la précéda dans un long couloir, où des niches joliment éclairées renfermaient de magnifiques poteries anciennes. Tout au bout, la domestique s'inclina révérencieusement en ouvrant la porte.

— Votre chambre, *thespinis*. On va monter vos bagages.

Puis elle s'éclipsa promptement.

Harriet crut d'abord à une erreur. Une pièce minuscule, presque un réduit, s'offrait à ses yeux. Au plafond, une lucarne jetait une clarté aveuglante et visiblement, on n'y avait pas installé l'air conditionné, car c'était une véritable fournaise. Pourtant, le lit était fait. Une simple commode et un porte-manteau constituaient tout les restes du mobilier.

Si elle n'avait pas été aussi en colère, Harriet aurait éclaté en larmes.

Elle se laissa tomber mollement sur le matelas. Apparemment, on lui avait attribué une chambre de bonne. Elle ne méritait sans doute pas le titre d'invitée... Apercevant une porte, elle essaya précautionneusement de l'ouvrir, mais elle était fermée à clef. De l'autre côté, elle entendit soudain la voix claire de Nicky et les rires joyeux de Yannina. Sa chambre jouxtait la nursery et cette pensée la rasséréna un peu. Pourtant, quelle humiliation ! On l'avait délibérement rabaissé au rang de servante...

Que faire ? Se précipiter au rez-de-chaussée pour s'indigner à grands cris et réclamer son rapatriement immédiat en Angleterre ? Elle secoua la tête tristement. Non. Elle était venue pour Nicky, et n'élèverait pas un murmure de protestation. De toute manière, son séjour ne s'éterniserait pas. Le moment venu, il lui serait beaucoup plus facile de partir...

Décidant d'aller voir Nicky, elle sortit dans le couloir et faillit trébucher dans ses bagages, posés là, devant sa porte. Furieuse, elle poussa une exclamation de mauvaise humeur et entreprit de ranger ses affaires. Il y avait tout juste assez de cintres dans la penderie...

Un pâle sourire figé sur ses lèvres, elle se dirigea vers la nursery. Assis à une petite table, Nicky, en pyjama, était occupé à manger son dessert, un yaourt aux fruits.

— *Yasso,* Nicos, lui dit-elle en s'agenouillant auprès de lui.

— Ah, Vous apprenez notre langue, *thespinis ?* s'exclama Yannina, ravie.

— Les phrases usuelles seulement, répliqua Harriet,

sur la défensive. J'ai acheté un petit dictionnaire de locutions courantes.

— Vous ferez vite des progrès.

D'une taille respectable, climatisée, la chambre de Nicky était tendue d'une tapisserie bleu clair, avec une frise d'animaux colorés. De nombreux jouets, tout neufs, étaient disposés un peu partout, mais l'enfant avait déjà placé son ours en peluche favori sur son oreiller.

Fièrement, Yannina montra à la jeune fille les vêtements de Nicky soigneusement rangés dans son armoire, puis la salle de bains attenante, dallée de carreaux bleus et blancs. Le cœur lourd, Harriet se força néanmoins à aborder une expression satisfaite.

En dépit de sa fatigue, Nicky protesta vivement au moment de se coucher. La mine boudeuse, il s'arracha des bras de Yannina pour réclamer une histoire à sa tante. Finalement, au milieu du deuxième conte de fées, il s'endormit, vaincu par l'épuisement.

— Ah, *thespinis*, vous êtes si bonne pour lui ! Une vraie mère, s'écria Yannina.

Avec un signe de croix, elle ajouta vivement :
— Paix à son âme...

Subitement, Harriet se sentit à nouveau au bord des larmes. Yannina était la première à prodiguer une parole de gentillesse à l'égard de Becca...

— Je vais rester un peu avec lui, suggéra-t-elle.

— Non, *kyria*.

D'un geste, elle lui indiqua un micro. Relié à un haut-parleur installé dans sa propre chambre, il lui permettrait de surveiller l'enfant à distance ; le moindre cri la réveillerait.

En sortant de la nursery, Harriet faillit bousculer Alex dans le couloir. En smoking, une expression sévère sur le visage, il lui lança un regard irrité.

— Que faites-vous ? On vous attend pour le dîner. Androula ne vous a pas prévenue ?

64

Que feriez-vous à la place de...

...Sophie?

Un baiser furtif, volé par un bel inconnu, a longtemps inspiré les rêves de Sophie. Mais voilà que l'inconnu revient, en chair et en os. Sophie va-t-elle lui rappeler ce baiser? Pour le savoir, lisez "Un inconnu couleur de rêve", le roman passionnant d'Anne Weale.

...Emily?

"Je ne me marierai jamais" avait-elle toujours affirmé. Mais voilà qu'un homme possessif, jaloux et dominateur croise son chemin. Emily le repoussera-t-elle ou laissera-t-elle se dénouer son destin? Partagez son délicat dilemme en lisant "Entre dans mon royaume", d'Elizabeth Hunter.

...Venna?

"Venna, ne tombez jamais amoureuse...ça fait trop mal." Venna pourra-t-elle suivre ce conseil lorsqu'elle sera recueillie par Roque, le Brésilien aussi dur que son prénom? Laissez-vous envoûter par le climat mystérieux de "Naufrage à Janaleza", de Violet Winspear.

...Pénélope?

"Je serais ravi de vous voir partir." Resteriez-vous auprès d'un homme qui vous parlerait ainsi? Pourtant, Pénélope ne quittera pas Charles. Vous comprendrez pourquoi en partageant ses sentiments les plus intimes, dans "Les neiges de Montdragon", d'Essie Summers.

Sophie, Émily, Venna, Pénélope...autant de femmes, autant de destins passionnants que vous découvrirez au fil des pages des romans Harlequin Romantique. Et vous pouvez vivre, avec elles et comme elles, la grande aventure de l'amour, sans sortir de chez vous.

Il suffit de vous abonner à Harlequin Romantique. Et vous serez ainsi assurée de ne manquer aucune de ces intrigues passionnantes, et de vivre chaque mois des amours vrais et sincères.

Abonnez-vous. C'est le meilleur moyen de lire chaque mois tous les nouveaux Harlequin Romantique
...et les 4 premiers sont GRATUITS!

Pourtant, cela ne vous coûte pas un sou de plus: il n'y a pas de frais supplémentaires, pas de frais de poste ou de manutention!

Pour recevoir vos quatre romans Harlequin Romantique en CADEAU, il suffit de nous envoyer sans tarder la carte-réponse ci-dessous.

Sans rien payer, recevez ces

quatre romans GRATUITS

Postez sans tarder à:
Harlequin Romantique

B.P. 2800, 5170, rue Yonge
Succursale "A" Willowdale. Ontario M2N 9Z9

OUI, veuillez m'envoyer gratuitement mes quatre romans HARLEQUIN ROMANTIQUE. Veuillez aussi prendre note de mon abonnement aux six nouveaux romans HARLEQUIN ROMANTIQUE que vous publierez chaque mois. Chaque volume me sera proposé au bas prix de 1,75 $ (soit un total de 10,50 $ par mois) sans frais de port ou de manutention. Il est entendu que je pourrai annuler mon abonnement à tout moment, pour quelque raison que ce soit.

Quoi qu'il arrive, je pourrai garder mes 4 livres-cadeaux tout à fait gratuitement, sans aucune obligation.

376-CIQ-4ADN

Nom _____ (EN MAJUSCULES s.v.p.)

Adresse _____ App

Ville _____ Province _____ Code postal

Signature _____ (Si vous n'avez pas 18 ans, la signature d'un parent ou gardien est nécessaire)

Harriet réprima un soupir.

— J'ai dû mal comprendre… Je… Je viens de coucher Nicky.

Il ne se dérida pas, et continua de la scruter d'un air critique, impatient.

— Cela entre dans les attributions de Yannina. Il ne faut pas rendre cet enfant trop dépendant de vous.

— Je suis désolée.

Redressant le menton avec défi, elle ajouta :

— Je pensais être là pour m'occuper de Nicky. Si ma présence n'est pas indispensable, peut-être souhaitez-vous mon départ ?

Son froncement de sourcils s'accentua.

— Croyez-moi Harriet, je songeais seulement à vous. Je me suis sans doute mal exprimé. Je suis revenu très tôt ce matin, et n'ai pas encore eu le temps de me reposer. Nicos dort ?

— Oui. Sa… Sa chambre est très jolie, déclara-t-elle avec effort. Votre mère…

— Non. Je me suis moi-même chargé de tout. Cela vous surprend ?

— Un peu, admit-elle.

— Vous me jugez mal. Je me soucie énormément du bien-être et du bonheur de Nicos. Si je me suis montré aussi déterminé à obtenir sa garde, c'est uniquement par intérêt pour lui.

— Il sera très heureux ici, murmura-t-elle avec un pâle sourire.

Il hocha la tête abruptement.

— Descendez le plut tôt possible.

Tout en l'observant s'éloigner, elle se demanda s'il était également responsable du choix de sa chambre. Serait-ce là un moyen de la persuader qu'elle ne tenait aucune place dans ses projets ?

Avec un soupir de découragement, elle alla se préparer pour le dîner. Sa trousse de toilette était encore dans sa valise, ainsi qu'une chemise contenant tous les papiers concernant Nicky ; le certificat de mariage de ses parents, son acte de naissance, quelques lettres de Kostas, envoyées à Becca pendant leurs fiançailles, des photos... Par défi, elle posa sur la commode la photographie de mariage de sa sœur.

Etant déjà trop en retard, elle ne prit même pas la peine de se changer. De toute manière, cela ne modifierait pas leur piètre opinion... Mais elle brossa vigoureusement ses cheveux, et se maquilla discrètement.

Androula l'attendait dans le vestibule. La mine revêche, elle l'introduisit dans le salon.

Son entrée interrompit brutalement une conversation animée, en grec. Un verre à la main, Alex lui proposa courtoisement :

— Désirez-vous un apéritif avant de passer à table ?

Elle en mourait d'envie. Cela lui aurait peut-être redonné un peu de courage... Cependant, comme les sœurs Marcos ne buvaient pas, elle refusa poliment.

— Je suis désolée de vous avoir fait attendre, déclara-t-elle en s'adressant à Mme Marcos.

La maîtresse de maison lui lança un regard distant, tandis que sa compagne haussait les épaules dédaigneusement.

Le repas fut succulent. Après une soupe d'avocat, froide, on leur servit du mulet grillé, du veau au vin blanc, et comme dessert, du melon et des pêches. Harriet n'aurait jamais cru pouvoir manger d'aussi bon appétit. Hormis quelques remarques anodines de la part d'Alex, le dîner se déroula dans un silence complet.

L'atmosphère ne s'allégea pas lorsqu'ils retournèrent dans le salon boire le café. Mme Marcos et sa sœur sortirent leurs ouvrages et se mirent à converser à voix basse. Quand on appela Alex au téléphone, Harriet en profita aussitôt pour s'éclipser. Les deux femmes répondirent à ses salutations par un signe de tête, hautain et glacial.

— Où allez-vous ?

Elle s'immobilisa dans l'escalier pour se retourner. Alex la fixait durement.

— Dans ma chambre, répliqua-t-elle, sur la défensive. Je suis très fatiguée.

— Je vois.

Devant son air sceptique, elle rougit légèrement.

— Cela faciliterait peut-être les choses, si je prenais mes repas avec Nicky ?

— Non, déclara-t-il avec froideur. Néanmoins, si vous n'aviez pas envie de descendre ce soir, on aurait pu vous monter un plateau.

— Je m'en souviendrai, à l'avenir, monsieur Marcos.

— Harriet, reprit-il doucement. Combien de fois devrai-je vous inviter à m'appeler par mon prénom ? Vous êtes mon hôte.

Quelle ironie ! songea-t-elle. Enfermée dans un réduit, et ignorée par presque tous les habitants de la demeure, depuis la maîtresse des lieux jusqu'à la bonne !

— J'essaierai de ne pas l'oublier, murmura-t-elle sur un ton morose.

Soudain, il prit sa main posée sur la rampe et la pressa contre ses lèvres. L'espace d'une seconde, le contact de sa bouche sensuelle ébranla Harriet. Puis, tout aussi brusquement, il la lâcha.

— Bonne nuit, petite Harriet. Faites de beaux rêves.

Tournant les talons, il traversa le vestibule pour regagner le salon. Harriet demeura là un long moment, figée sur place. Puis elle recommença à gravir les marches avec lassitude, partagée entre le rire et les larmes.

Irrésistiblement, elle porta sa main à sa joue, comme pour prolonger les sensations éveillées par le baiser d'Alex. Subitement, une douleur cuisante lui serra le cœur, et elle courut se réfugier dans la solitude de sa minuscule chambre.

6

Incapable de trouver le sommeil dans cette pièce où il régnait une chaleur étouffante, elle réussit à ouvrir la lucarne en grimpant sur le lit. Puis elle se glissa silencieusement dans la chambre de Nicky pour prendre une douche dans la salle de bains attenante. Mais au bout de quelques minutes, elle fut de nouveau moite de transpiration.

Pendant deux heures, elle se tourna et se retourna sur son matelas, sans parvenir à s'endormir. Un instant, elle faillit mettre à profit son insomnie pour écrire à Manda. Mais que lui aurait-elle dit ? « Je suis bien arrivée à Corfou. On m'a terriblement mal accueillie ; j'ai envie de rentrer par le prochain avion... » Il valait mieux attendre d'avoir quelque chose de plus gai à raconter...

Finalement, elle sortit un livre, un roman, et essaya de concentrer son attention sur la lecture. En vain. Excédée, elle s'assit en tailleur sur son lit, le visage levé vers la fenêtre pour tenter de respirer un peu d'air frais.

Comme rien n'arrivait à calmer son énervement, elle décida d'aller faire quelques pas dehors pour échapper à l'asphyxie. Promptement, elle enfila son peignoir, assorti à sa chemise de nuit, et se coula sans bruit, pieds nus, dans le couloir.

Aucun son ne troublait le calme de la villa. Visiblement, tout le monde était couché et dormait depuis longtemps. Au rez-de-chaussée, elle pénétra dans le grand *saloni ;* on n'avait pas tiré les doubles rideaux des immenses baies vitrées, et la pièce baignait dans la lumière blanche du clair de lune. Harriet se dirigea doucement vers une porte-fenêtre, l'ouvrit, et s'avança sur la terrasse. Devant, s'étendaient les jardins, illuminés par une clarté laiteuse, irréelle. Une brise légère soufflait, chargée de délicieux parfums de fleurs.

Rassérénée, la jeune fille respira profondément, humant avec un plaisir reconnaissant les exquises senteurs. Le chant des cigales emplissait la nuit. Avec un sourire apaisé, détendu, Harriet descendit les marches pour suivre un petit sentier dallé. Quel endroit superbe ! En d'autres circonstances, ces vacances de rêve l'auraient enchantée. Elle flâna un moment près des courts de tennis. Saurait-elle encore jouer ? Elle n'avait plus touché une raquette depuis l'école...

Continuant sa promenade nocturne, elle perçut un léger clapotis. Des marches bordées de rocaille la conduisirent à un porche de pierre recouvert de glycine. De l'autre côté apparut la piscine. Quelqu'un nageait, et des vêtements étaient éparpillés sur une chaise-longue. Juste au moment où elle s'apprêtait à repartir, Alex se hissa prestement hors de l'eau.

Harriet s'immobilisa, la bouche sèche. Clouée sur place par une force mystérieuse, elle ne put s'empêcher de contempler avec admiration ce corps superbe, parfaitement proportionné, d'où émanaient une puissance et une vitalité extraordinaires.

Nonchalamment, Alex se sécha, puis remplit son verre, posé sur une table à côté d'une bouteille. Sans bruit, la jeune fille se retourna pour s'éloigner.

— Vous n'avez pas envie de me tenir compagnie ? L'eau est très bonne.

Avec un sursaut, elle fit volte-face. Sa serviette nouée autour des hanches, Alex l'observait d'un air amusé.

— Je... Je ne m'attendais pas à voir quelqu'un ici, bredouilla-t-elle gauchement.

— Moi non plus, répliqua-t-il calmement. Un instant, je vous ai crue somnambule. Que faites-vous ici ?

— Je suis sortie respirer un peu de fraîcheur. Je ne pouvais pas dormir tellement j'avais chaud. Et les jardins étaient si beaux, au clair de lune...

— Vous avez pourtant prétexté la fatigue pour vous éclipser sitôt après dîner. N'aviez-vous pas réellement sommeil ?

Elle haussa les épaules d'un air gêné.

— Je ne suis pas habituée à la chaleur. J'étouffais, dans ma chambre.

Tout en portant son verre à ses lèvres, il l'examina avec attention.

— Toutes les pièces sont climatisées. Vous ne savez peut-être pas comment fonctionne l'air conditionné ? ironisa-t-il. Il fallait sonner Androula, ou une autre domestique. Mais apparemment, vous avez préféré réclamer mon aide une nouvelle fois. Je suis très flatté.

— Jamais je n'aurais imaginé vous trouver ici, protesta-t-elle, irritée par ses propos sardoniques. D'ailleurs, vous prétendiez être épuisé, vous aussi, après votre voyage en avion.

— Je l'étais. Je suis venu boire mon cognac ici, mais me suis endormi sur ma chaise-longue. Avant de retourner à la villa, j'ai décidé de prendre un bain. Si j'avais su, je vous aurais attendue, Harriet.

Tandis qu'il la dévisageait avec un sourire cynique, elle se crispa nerveusement.

— Je n'avais absolument pas l'intention de vous imposer ma présence. Je m'en vais, maintenant. Bonne nuit.

— Restez un moment avec moi, lança-t-il. Je vous offre un cognac.

Harriet s'approcha avec réticence. En prenant son verre, ses doigts effleurèrent ceux d'Alex, et tout son corps frémit à ce simple contact. C'était pure folie de jouer avec le feu, médita-t-elle en tâchant de recouvrer son sang-froid. Jamais elle n'aurait dû quitter le refuge de la villa. Là-bas, au moins, elle était en sécurité...

Sans cesser de l'observer, Alex remarqua avec amusement ;

— Cette scène me rappelle un certain épisode... Vous n'avez pas emprunté la chemise de nuit de Yannina, cette fois-ci ?

— Non, naturellement !

Son embarras croissait de minutes en minute. Le souvenir de son humiliation, dans la salle de bains du palace londonien, lui était insupportable. Comme s'il se réjouissait méchamment de sa gêne, Alex se mit à rire doucement. Pour masquer son trouble, elle avala une grande gorgée d'alcool.

— Pas si vite ! Prenez le temps de le déguster ! se moqua-t-il en lui reprenant son verre pour le poser sur la table.

Comme Harriet regrettait son manque d'aisance, sa timidité... Eût-elle été plus sophistiquée, elle aurait sans doute apprécié la compagnie séduisante de cet homme, dans la tiédeur de cette belle nuit étoilée... Mais elle n'appartenait pas à ce monde-là, et il en avait parfaitement conscience.

— Vous... Vous avez une maison magnifique, risqua-t-elle, pour meubler le silence.

— Je suis heureux qu'elle vous plaise. Finalement, votre séjour à Corfou ne sera pas une si terrible corvée...

— Peut-être... Je rentre, à présent.

Il se mit à rire.

— Vous avez peur de moi ? railla-t-il en la retenant fermement par le bras. Vous vous êtes efforcée de me convaincre de votre maturité pour conserver la garde de mon neveu, mais en réalité, vous ressemblez à une petite fille effarouchée.

— Lâchez-moi, s'il vous plaît.

— Pas tout de suite. Il vous faut d'abord apprendre à surmonter vos craintes.

Il l'attira contre lui. Comme sa peau était fraîche...

— Non, je vous en prie...

Mais il était déjà trop tard. Subitement, la bouche d'Alex se posa sur ses lèvres, dans un baiser dominateur, étourdissant. Tremblant de tous ses membres, Harriet se sentit complètement à sa merci, sans défenses, tandis qu'il la pressait contre son corps musclé. Intensément troublée par sa semi-nudité, elle crut défaillir, prise de vertige. Sa tête lui tournait ; le sang affluait à ses tempes avec un martèlement sourd. Elle ouvrit la bouche pour protester, mais ses résistances s'envolèrent d'un seul coup, comme par enchantement. Comment lutter contre une telle attirance ? Alex la fascinait, malgré elle...

L'espace d'une brève seconde, il redressa son visage et prononça quelques mots de grec, incompréhensibles à la jeune fille. Puis, à nouveau, ses lèvres sensuelles se penchèrent vers elle, pour l'embrasser au creux du cou. Peu à peu, la caresse de sa bouche se fit plus insistante, plus pressante. Impatiemment, il dénoua le ruban de sa robe de chambre et fit glisser la bretelle de sa chemise de nuit, pour dénuder son épaule.

Sous la pression de ses baisers, un soupir plaintif échappa à la jeune fille. Bientôt, Alex lui ôta sa ceinture et écarta les pans de son peignoir, qui glissa à terre, à ses pieds. Ses mains expertes arrachèrent à Harriet des gémissements de plaisir. Ses doigts couraient le long de son dos, s'attardaient sur la courbe de ses hanches, de sa poitrine, comme s'ils connaissaient par cœur les endroits les plus vulnérables de ce corps de femme.

La gorge sèche, Harriet retenait son souffle, comme paralysée. Des frissons incoercibles la parcouraient tout entière. Des sensations intenses, inconnues jusque-là, s'éveillaient au fond de son être, tandis qu'une étrange léthargie s'emparait d'elle, annihilant complètement sa volonté. Abasourdie par la violence de ses propres réactions, elle n'essaya même pas de lutter lorsqu'il la souleva dans ses bras pour la déposer doucement sur les coussins moelleux d'une balancelle.

Quand il s'étendit à ses côtés, la lueur de désir qui brillait au fond de ses yeux l'effraya subitement. En un éclair de lucidité, elle prit alors conscience du danger. Une vague de panique la submergea. Tout allait trop vite...

Brusquement, elle le repoussa avec une exclamation horrifiée :

— Non !

— Ne soyez pas ridicule ! murmura-t-il. Pourquoi feindre l'indignation, alors que vous m'avez provoqué en venant ici ce soir ?

S'il l'embrassait à nouveau, elle était perdue... Secouant la tête frénétiquement, elle tenta de se dégager.

— J'ignorais votre présence dans le jardin, protesta-t-elle, affolée. Je vous en prie, lâchez-moi ! Alex !

Il la scruta avec un sourire sardonique.

— Enfin vous vous décidez à m'appeler par mon prénom ! Et si je refusais de vous laisser ?

Elle secoua la tête misérablement.

— Je vous en supplie... Je... Je suis désolée.

— Pourquoi ? Il ne s'est rien passé.

Tout à coup, il s'écarta pour s'asseoir.

— Mais peut-être le regrettez-vous ? ajouta-t-il sur un ton coupant.

Harriet profita de ce moment de répit pour enfiler à nouveau sa robe de chambre. D'une main tremblante, elle ramena sur elle les pans du vêtement et renoua hâtivement la ceinture.

— Ne faites pas semblant de ne pas comprendre, lui reprocha-t-elle d'une voix à peine audible.

— Attention à vous, Harriet. A l'avenir, je vous conseille de ne plus occasionner ce genre d'incidents, puisque vous refusez d'en accepter les conséquences.

Pourquoi s'acharnait-il à rejeter sur elle tout le blâme ? Au bord des larmes, incapable de dominer le tumulte de ses émotions, elle se leva furieusement.

— Que vous le croyiez ou non, je ne vous ai pas suivi jusque-là. Combien de fois devrai-je vous le répéter ? Je n'arrivais pas à dormir...

— Pourrons-nous trouver le sommeil, à présent, vous et moi ? la coupa-t-il sèchement.

Evitant son regard, elle détourna vivement la tête, cramoisie.

— Je rentre, cela vaut mieux, répliqua-t-elle à mi-voix.

— En effet, c'est plus sage. Sinon, je risque de ne pas tenir mes bonnes résolutions.

La mine sombre, il réajusta la serviette qui ceignait ses reins et la précéda vers le porche.

— Je connais le chemin, protesta-t-elle.

— Sans doute. Mais j'ai moi aussi suffisamment profité de l'air frais, déclara-t-il sur un ton moqueur.

— Vous oubliez vos vêtements, observa-t-elle timidement.

— Non. Les domestiques les ramasseront pour me les rendre lavés et repassés.

Affreusement mal à l'aise, Harriet le suivit jusqu'à la demeure. La vue de ce corps sculptural, à moitié nu, continuait de semer dans son cœur une terrible confusion. De plus, elle avait stupidement l'impression d'être épié par des regards indiscrets, cachés derrière les volets clos.

Dans le salon, elle s'éclipsa promptement, pendant qu'Alex refermait la porte-fenêtre.

— Bonsoir, bredouilla-t-elle gauchement.

— Pas si vite ! Laissez-moi au moins vous montrer comment fonctionne la climatisaton.

Elle réprima un geste excédé. Etait-ce là un nouveau prétexte pour l'importuner de ses assiduités ? De toute manière, il ne lui était guère possible de refuser...

— Très bien, je vous remercie, répliqua-t-elle, résignée.

Il la suivit silencieusement dans l'escalier, puis dans le couloir. En passant devant la chambre de Nicky, il l'arrêta en posant une main sur son bras.

— Vous ne vous souvenez plus où se trouve votre chambre ? s'enquit-il en fronçant les sourcils.

— Si, à côté de la nursery.

— Mais ce n'est pas...

Quand Harriet ouvrit la porte, il se précipita à l'intérieur, consterné. Il demeura un instant immobile, à inspecter les lieux, puis demanda très doucement, au bout de quelques minutes interminables :

— Qui vous a dit de dormir ici ?

Harriet haussa les épaules.

— Je suis tout près de Nicky. Je... Androula m'a conduite ici, à mon arrivée.

— Dans ce cas, je dois vous présenter des excuses. Ce n'est pas une chambre d'amis, naturellement. Ce n'est guère étonnant que vous ne parveniez pas à dormir dans cette atmosphère confinée...

Il marqua une pause, puis ajouta sombrement :

— Il s'agit probablement d'un fâcheux malentendu. Veuillez me suivre ; je tiens à vous recevoir décemment, et à vous octroyer un endroit plus confortable pour cette nuit.

— Oh non ! Je... Cela m'est égal, vraiment...

Tournant les talons, il s'éloigna à grandes enjambées, sans même se soucier d'être obéi ou non. Après un instant d'hésitation, elle ramassa ses affaires de toilette et se dépêcha de le rattraper, au bout du couloir.

— Je... Je ne veux pas être trop loin de Nicky, protesta-t-elle faiblement.

— Pour ce soir, c'est inévitable. Mais dès demain

matin, je donnerai des ordres pour que soient prises les dispositions nécessaires.

Il l'introduisit dans une chambre immense, dont le luxe l'éblouit. Quel contraste saisissant ! Le couvre-lit de dentelle, assorti aux rideaux, était soigneusement replié sur des draps de satin. De magnifiques carpettes, tissées à la main, jetaient des taches colorées sur le sol de mosaïque, très frais. Des meubles anciens, en bois sculpté, formaient un ensemble chaleureux, confortable. Sur les deux tables de nuit, des lampes en terre cuite diffusaient une lumière très douce. Les boutons d'une console permettaient de commander l'éclairage, la climatisation et même un poste de radio.

— Sonnez la bonne quand vous vous réveillerez, indiqua Alex avec désinvolture. Elle vous apportera votre petit déjeuner. Vous serez bien ici, j'espère.

— Oh oui, assura-t-elle, impressionnée par tant de confort. Merci infiniment, Alex.

— C'est bien naturel, répliqua-t-il d'un ton cassant. Je suis sincèrement désolé de vous avoir donné une aussi mauvaise impression de notre hospitalité. Ce genre de méprises ne se reproduira plus.

Après lui avoir poliment souhaité une bonne nuit, il referma la porte. Encore toute tremblante, Harriet se laissa tomber sur le bord du lit.

Leur confrontation près de la piscine l'avait complètement ébranlée. Tout son corps fourmillait de sensations étranges, terriblement troublantes. Elle ferma les yeux, en s'efforçant de chasser de son esprit le souvenir des caresses et des baisers d'Alex. A son insu, le désir et la passion avaient éclos en elle, révélant des besoins insoupçonnés jusqu'alors...

Avec un frisson, elle humecta ses lèvres sèches. Pouvait-elle le blâmer d'avoir cyniquement exploité la situation ? Elle avait si faiblement protesté, et succombé si facilement à son étreinte... Comment aurait-il accordé foi à ses dénégations ?

Ses propres réactions la consternaient. Abandonnant sa pudeur, son orgueil, elle avait brutalement perdu toute maîtrise de soi. A présent, elle avait honte d'avoir cédé à ses baisers avec autant de passion, car il s'était parfaitement rendu compte de son extrême confusion.

Quand il la touchait, une curieuse métamorphose s'opérait en elle. Le reste du monde s'effaçait. Elle oubliait les raisons de son séjour à Corfou, et même son hostilité envers cet homme autoritaire, tyrannique...

Pourtant, pour sa sécurité et sa tranquilité d'esprit, il lui fallait absolument garder ses distances.

En ouvrant les paupières, le lendemain matin, elle crut rêver. Elle cligna plusieurs fois des yeux, mais le décor était bien réel. Les rayons du soleil filtraient à travers les persiennes, jetant des rais de lumière dorée sur la mosaïque du sol.

Lentement, elle s'assit, tandis que les événements de la veille lui revenaient en mémoire. Il était presque dix heures. Après une brève hésitation, elle obéit aux instructions d'Alex et appuya sur la sonnette.

Puis, sautant au bas du lit, elle se dirigea vers la salle de bains. Sur les murs carrelés de bleu, d'immenses glaces réfléchissaient son image à l'infini. Décidant de se plonger dans la baignoire, elle chercha des sels de bain dans le placard. Des lotions après-rasage, des eaux de toilette masculines, des rasoirs, piquèrent sa curiosité. Puis elle aperçut un peignoir de soie noire. De toute évidence, elle avait dormi dans la chambre d'Alex...

Retournant dans l'autre pièce, elle découvrit une deuxième porte et l'ouvrit. C'était une vaste penderie, remplie d'un nombre incalculable de costumes.

A ce moment-là, une bonne frappa pour lui apporter son petit déjeuner. En voyant Harriet, elle faillit laisser tomber son plateau de surprise. La jeune fille s'empourpra violemment, et fut même sur le point de battre en retraite dans la salle de bains pour ne pas avoir à subir les regards entendus de la domestique. Mais elle s'obligea à tenir bon. Après tout, il ne s'était rien passé... Pourtant, quiconque les aurait vus revenir tous les deux de la piscine aurait été persuadé du contraire...

Après avoir ouvert les volets, la bonne approcha une chaise de la table, tout en jetant un regard involontaire vers le grand lit défait.

— Merci, articula Harriet le plus calmement possible.

— *Parakalo,* répliqua la femme de chambre avec indifférence.

En fait, ce genre de situation avait dû se produire de nombreuses fois par le passé. Mais Harriet était probablement très différente des habituelles conquêtes d'Alex Marcos. Avec son extrême jeunesse, son air effacé, ingénue, elle n'avait rien d'une femme fatale ! Jamais elle ne ressemblerait aux séductrices sophistiquées qui avaient la faveur du maître des lieux...

Un instant, cédant au caprice de son imagination, elle laissa de folles pensées vagabonder librement. Se plantant devant le miroir, elle s'étira langoureusement, relevant en chignon la cascade de sa chevelure pour découvrir son cou gracile, ses jolies épaules. Au souvenir des baisers d'Alex, de ses caresses sur sa peau nue, elle frissonna brusquement.

Non. Il ne fallait pas s'abandonner à de telles rêveries. Sinon, elle commencerait à se bercer d'illusions. Immanquablement, elle souffrirait.

Se détournant vivement de la glace, elle s'assit devant son petit déjeuner. Malgré son peu d'appétit, elle ne résista pas à l'odeur de café et de croissants chauds, et termina par une pêche délicieusement parfumée. Toute sa vie, elle se souviendrait de ce premier matin à Corfou. Située derrière la villa, la chambre d'Alex dominait les jardins, et plus loin, la mer. Quelle vue superbe ! Une brume mauve voilait l'horizon, et des teintes somptueuses coloraient ce paysage marin, dans de délicates nuances de jade, azur, améthyste, turquoise...

Sous le balcon, cachées dans les arbustes en fleurs, les cigales chantaient sans trêve. Les abeilles butinaient les bougainvillées, et l'air embaumait de parfum lourds, entêtants.

Nicky grandirait dans ce décor superbe, songea Harriet avec une pointe d'envie. Quelle chance d'être délivré des tracas de la vie citadine, de pouvoir communier avec la merveilleuse harmonie de la nature..

Pourquoi Kostas avait-il abandonné tant de beautés pour s'installer dans une banale maisonnette de banlieue ? Quelles raisons l'avaient poussé à émigrer vers les latitudes anglaises, au climat si triste et pluvieux ?

Une fois de plus, la jeune fille s'interrogea sur la nature de la brouille qui avait éclaté entre son beau-frère et sa famille. L'amertume de la dispute avait rejailli sur elle, la veille, quand on lui avait attribué pour chambre cet affreux réduit. Par cette humiliation délibérée, on avait tenu à lui rappeler son insignifiance... En fait, cela ne l'avait aucunement surprise, car on l'avait suffisamment mise en garde contre le mépris du clan des Marcos...

Debout devant la fenêtre, elle poussa un long soupir. Ce coin de Corfou était vraiment paradisiaque ! Mais il abritait sûrement un serpent caché, porteur de destruction...

— Vous paraissez très sérieuse, Harriet. A quoi pensez-vous ?

Elle sursauta au son de la voix d'Alex, déjà si familière.

— J'ai frappé, reprit-il. Mais vous ne m'avez pas entendu. Je vous ai crue dans la salle de bains.

Debout dans l'embrasure de la porte, il la considérait pensivement. Il avait revêtu un pantalon de toile blanche et une chemisette à manches courtes, dont l'encolure déboutonnée s'ouvrait sur son torse musclé.

Comme elle ne répondait rien, il poursuivit doucement :

— Je suis venu tôt ce matin, chercher des habits dans ma garde-robe. Comme vous dormiez, je n'ai pas pu vous en demander la permission... Vous avez passé une bonne nuit, j'espère ?

— Oh oui. Mais vous n'auriez pas dû me céder votre chambre. Ce n'était pas nécessaire.

— Je ne suis pas du tout d'accord. Mais rassurez-vous, je n'avais pas encore couché dans mon lit, ajouta-t-il avec un sourire ironique, devant son air gêné.

— Il y avait sûrement d'autres places disponibles. Vous m'avez placée dans une situation délicate. Que penseront vos domestiques, votre famille ?

— Ne vous inquiétez pas, je leur ai déjà exprimé mon mécontentement. Ils savent parfaitement à quoi s'en tenir, maintenant. Quand à hier soir, je n'allais tout de même pas réveiller Androula pour lui demander de préparer une chambre ! Notre... tenue, pour le moins légère, au beau milieu de la nuit, n'aurait pas manqué de susciter des commérages !

— En effet, admit Harriet à contrecœur.

— Si cela peut apaiser vos craintes de scandale, Androula est prête à vous conduire à vos nouveaux appartements.

De toute évidence, cet excès de pruderie lui semblait complètement stupide... Mais comment se justifier sans se trahir, ou paraître encore plus ridicule ? Evitant soigneusement son regard, elle déclara d'une voix guindée :

— Je suis désolée, mais... la domestique...

Elle s'interrompit, rouge de confusion.

— Ne vous tourmentez pas, railla-t-il. Elle a l'habitude. Mais elle ne risque pas de confondre une enfant naïve avec l'une de mes maîtresses. Etes-vous rassurée sur votre réputation ?

Refoulant une forte envie de le gifler, elle rétorqua sèchement :

— Absolument. Maintenant, si vous voulez bien appeler Androula, j'ai hâte de m'habiller.

Il la détailla avec une effronterie désinvolte, puis haussa les épaules d'un air détaché et tourna les talons. Harriet ferma les yeux. Quelques minutes auparavant, elle s'était crue au paradis. Mais l'attitude d'Alex l'avait promptement ramenée à la réalité...

7

Harriet luttait encore pour refouler ses larmes quand apparut Androula, la mine boudeuse. Dans le couloir, la bonne commença à déverser un torrent de paroles, dans sa propre langue. Sans doute essayait-elle de se justifier, car visiblement le maître de maison l'avait sévèrement réprimandée. En fait, Androula avait simplement obéi à d'autres ordres...

La nouvelle chambre d'Harriet n'avait rien à envier à celle d'Alex. On y avait déjà transporté ses bagages, et pendu tous ses vêtements dans les armoires... Si elle n'avait pas été aussi malheureuse, la jeune fille se serait beaucoup amusée du comique de la situation.

Tout de même, cette amélioration inespérée la réconforta. Un bain prolongé la détendit. Puis elle s'habilla, d'une jupe de cotonnade à grosses fleurs rouges sur fond bleu marine, et d'un tee-shirt à manches courtes, du même bleu.

Elle se coiffait lorsque Yannina frappa à sa porte, pour lui amener Nicky.

— Oh, s'écria la jeune fille en tendant les bras au petit garçon. J'allais justement te voir.

Le visage maussade et renfrogné, il se précipita vers le refuge de ses bras.

— Il a très bien dormi, *thespinis*, l'informa Yannina. Mais il a refusé de prendre son petit déjeuner.

— Oh, Nicky ! protesta Harriet en fronçant les sourcils. Ce n'est pas bien du tout !

— Pas bon ! expliqua-t-il maladroitement, sans se dérider.

— D'ici un jour ou deux, tu seras complètement habitué à ta nouvelle existence, lui promit-elle sur un ton apaisant. Nous allons passer de merveilleuses vacances avec ton oncle Alex. Tu verras.

Elle dut réprimer une forte envie de le serrer contre son cœur, de le cajoler... Pourtant, il lui fallait absolument se détacher de lui, progressivement. Comme ce serait facile de jouer les traîtres, d'encourager ses caprices, de demeurer son unique source d'affection, à l'exclusion de tout autre... Cela l'aiderait à adoucir ses souffrances, à combler le vide de son cœur... Néanmoins, au bout du compte, elle ne gagnerait rien à se comporter aussi égoïstement.

— Viens, mon petit, intervint Yannina, *Kyrios* Alexandros t'attend.

— A plus tard, Nicky ! lança Harriet le plus joyeusement possible. Nous irons peut-être nous baigner dans la piscine.

L'enfant hocha la tête sans enthousiasme, et s'éloigna avec sa nurse.

Dès que la porte se fut refermée, le sourire d'Harriet s'évanouit. Les semaines à venir s'annonçaient terriblement difficiles. Comment supporterait-elle toutes ces épreuves ? La séparation de Nicky, la passion insensée qu'Alex lui inspirait, l'hostilité ouverte de sa mère et de sa tante...

Avant de descendre affronter les deux femmes, elle s'inspecta une dernière fois dans le miroir. Elle réajusta la ceinture de sa jupe, lissa une mèche de cheveux rebelle... Il ne servait à rien d'atermoyer. De toute manière, quelle que soit son apparence, elle resterait toujours, à leurs yeux, la parente pauvre de Nicos.

Toutes les portes du vestibules étaient fermées ; la

maison semblait complètement désertée. Pourtant, une domestique qui vaquait au ménage lui fit signe de la suivre, dans le salon où Mme Marcos l'avait reçue la veille. Très tendue à la perspective de devoir affronter l'inimitié de la vieille dame, Harriet se raidit imperceptiblement. Mais seul M. Philippides se trouvait là. Posant son journal, il se leva avec un large sourire.

— *Kalimera, thespinis* Masters. Je voulais vous dire au revoir avant de retourner à Londres.

— Vous repartez ? demanda Harriet consternée.

Il était son unique allié dans cette maison, avec Yannina, et elle avait beaucoup compté sur le secours de sa présence.

— Il le faut, *thespinis*. J'ai déjà été obligé de retarder plusieurs rende. vous importants...

— Je suis désolée de vous avoir causé tant de dérangement...

— Cela a été un plaisir pour moi de vous accompagner, *thespinis* Masters. Vous et le petit Nicky serez très heureux ici. *Kyrios* Marcos habite une très belle demeure, n'est-ce pas ?

— Oui... Cependant, je crois avoir commis une erreur en venant ici... Y aurait-il une place pour moi dans votre avion ?

Une expression scandalisée se peignit sur le visage de M. Philippides.

— Vous m'affligez, *thespinis*. Un départ aussi précipité serait une insulte envers *kyrios* Marcos.

Marquant une pause, il jeta un coup d'œil inquiet autour de lui, comme pour s'assurer de ne pas être entendu.

— Je comprends malgré tout vos réactions, si vous êtes troublée par la froideur de Mme Marcos et Mme Constantis... C'est une situation très délicate. Mais tout finira par s'arranger, avec de la patience et de la bonne volonté.

— Merci de votre réconfort. Mais je crains de ne pas

partager votre opinion. En tout cas, je saisis de moins en moins les motivations de M. Marcos, si sa mère et sa tante persistent dans ce comportement inflexible...

M. Philippides soupira.

— Vous et l'enfant leur rappelez une période très malheureuse de leur vie. Cela prendra du temps, mais elles finiront par se radoucir, je n'en doute pas. Au moins envers le petit Nicos, ajouta-t-il avec un air d'excuse.

Quant à moi, quelle importance... Puisque mon séjour ici est seulement temporaire, médita Harriet tristement.

— Mais comment s'explique leur attitude, M. Philippides ?

Visiblement très embarrassé par la franchise directe de cette question, il haussa les épaules d'un air impuissant et argua en bredouillant d'une histoire familiale de caractère privé. Harriet ne fut absolument pas convaincue. De toute évidence, M. Philippides avait toute la confiance d'Alex Marcos et n'ignorait rien de ce secret. Cependant, il ne se jugeait pas le droit de la mettre au courant, de lever le voile sur le mystère qui pesait sur la mémoire de Kostas.

Poliment, elle le remercia pour sa gentillesse, et s'esquiva sur la terrasse en entendant des voix féminines dans le vestibule.

Elle regretta presque aussitôt sa lâcheté. Il aurait mieux valu rester pour exiger des explications... Mais comment oserait-elle jamais se mesurer à l'imposante Mme Marcos ? Curieusement, Mme Constantis lui inspirait moins de peur, sans doute parce qu'elle ne cherchait pas à dissimuler sa malveillance. Sous les manières glaciales de la mère d'Alex, on devinait une nature d'une dureté inflexible, impitoyable.

Dans le jardin, elle s'arrêta pour observer la végétation. Que de fleurs inconnues, au noms exotiques ! Ce monde lui était complètement étranger. Subitement, malgré la chaleur du soleil, elle frissonna. Elle ignorait tant de choses, sur son nouvel environnement... Elle se sentit complètement désarmée, perdue, et terriblement seule.

Tendant la main vers le flacon de lait solaire, Harriet s'en enduisit consciencieusement les jambes. En deux semaines, sa peau avait pris un joli hâle doré, car elle passait le plus clair de son temps à lézarder.

Les premiers jours, Nicky s'était montré grognon et d'humeur maussade. Tous ces nouveaux visages l'intimidaient, et le changement de régime et de climat l'avait un peu perturbé. Au début, la présence de sa tante Harriet s'était donc trouvée justifiée. Mais à présent, l'enfant se détachait d'elle de plus en plus, pour s'adresser presque exclusivement à la nurse dévouée attachée à son service. L'adaptation se révélait en fait beaucoup moins douloureuse que prévu.

Pourtant, lorsqu'Harriet avait timidement émis le désir de regagner l'Angleterre, Alex lui avait opposé un refus catégorique. Il redoutait des difficultés pour le jour où le charme de la nouveauté cesserait d'exercer des attraits sur Nicky.

Pour des raisons purement personnelles, Harriet ne souhaitait pas s'attarder à Corfou plus que nécessaire. Elle tenta donc de discuter, mais son hôte se montra intraitable, et sa colère explosa.

— Je vous croyais plus soucieuse de l'intérêt de votre neveu ! En tout cas, vous vous étiez appliquée à me donner cette impression, lors de notre rencontre à Londres. Pourquoi cherchez-vous maintenant à fuir vos responsabilités ?

— Je ne me dérobe pas ! Simplement, je ne vois plus l'utilité de ma présence chez vous.

— Laissez-moi juge sur ce point, avait-il répliqué, la mine sombre. Restez au moins jusqu'à la fin du mois. Je pars demain en voyage d'affaires. Nous reparlerons de tout ceci à mon retour.

Harriet avait capitulé de mauvaise grâce. La nouvelle de son absence, même de courte durée, lui avait curieusement serré le cœur. Alex constituait une sorte de rempart qui la protégeait de l'hostilité de sa mère et de sa tante. Même en sa présence, elle redoutait la corvée des repas, car les deux femmes continuaient à l'écraser de leur indifférence dédaigneuse. Naturellement, elles s'y employaient avec beaucoup de subtilité, et s'étaient bien gardées de renouveler leurs grossières impolitesses du début...

Alex ne s'était visiblement pas gêné pour leur exprimer son mécontentement. Mais Harriet le regrettait un peu, car ses attentions pour la visiteuse avaient vexé sa mère et sa tante, et accru leur ressentiment.

Malgré tous ses efforts pour s'en détacher, Harriet souffrait de leur mépris. D'un tempérament enjoué et sociable, elle supportait mal ces rapports tendus, envenimés par une sourde rancœur. Depuis son arrivée, elle avait écrit plusieurs lettres à ses collègues de bureau et à Manda, en évitant soigneusement d'avouer combien elle était malheureuse. D'ailleurs, elle évitait le plus possible d'y songer. Se morfondre n'arrangerait rien. Il valait mieux se jouer la comédie et faire semblant d'apprécier ces merveilleuses vacances au soleil, dans ce coin de paradis terrestre.

Malgré tout, elle ne pouvait s'empêcher de se sentir prisonnière. Pas une seule fois elle n'était sortie de la propriété. Ses promenades se limitaient aux jardins de la villa, et à la petite plage où elle se plaisait à se réfugier.

Le sentier rocailleux qui menait à la mer était beaucoup trop dangereux pour Nicky. Il dévalait la pente abruptement, et il n'était pas question d'autoriser l'enfant à s'y aventurer. Elle s'y rendait donc généralement après le déjeuner, pendant la sieste du petit garçon.

Près de la jetée, dans un hangar, se trouvait un horsbord, ainsi que des skis nautiques et des planches à voile. Alex s'adonnait probablement à ces sports, mais jamais la jeune fille ne l'avait aperçu au cours de ses escapades de l'après-midi.

Elle n'avait même pas besoin de l'éviter. Depuis leur affrontement concernant son retour en Angleterre, il observait à son égard une politesse distante ; sa courtoisie avait considérablement rassuré Harriet, qui ne redoutait plus ses assauts intempestifs. Dieu merci, il avait abandonné toute idée de la poursuivre de ses assiduités... S'il avait persisté dans son entreprise de séduction, elle n'aurait peut-être pas résisté longtemps... Mais apparemment, il trouvait ailleurs ses distractions, car il sortait presque tous les soirs.

Harriet ne l'en blâmait pas. La vie à la villa s'écoulait d'une manière très monotone. Les rares visiteurs étaient des gens âgés, amis de Mme Marcos et de sa sœur. Généralement, la jeune fille se retirait dans sa chambre sitôt après dîner, et passait ses soirées à lire. Parfois, le bruit de la voiture d'Alex la réveillait, lorsqu'enfin il rentrait, à l'aube.

En dépit de défenses soigneusement érigées contre lui, elle ne parvenait pas à dominer l'émoi qui la saisissait toujours à sa vue. Il lui suffisait de l'apercevoir, allongé au bord de la piscine, ou de respirer l'odeur de son eau de toilette pour rariver brusquement des souvenirs douloureux, qui l'emplissaient d'amertume...

Sa présence physique ne l'aurait pas troublée davantage si elle lui avait appartenu. L'intensité de son désir, de ses émotions, la bouleversait. Jamais auparavant elle n'avait éprouvé une telle confusion. Désespérément, elle tentait de refouler ses sentiments, de les enfouir au plus profond de son être...

Naturellement, elle s'était longuement interrogée sur la nature de ce trouble mystérieux. Etait-elle tombée amoureuse d'Alex Marcos ? Naguère, le bonheur de Kostas et Becca lui avait fait envie. Il était si rare, de nos jours, d'atteindre une telle harmonie dans la sécurité du mariage ! Elle avait alors envisagé l'avenir avec un optimisme paisible. Mais Alex bouleversait toutes ses conceptions. Elle se moquait éperdument du futur. Seul le présent importait. Cet homme lui avait révélé des désirs, des besoins, dont elle avait honte. Elle ne se reconnaissait plus elle-même.

Etendue sur sa chaise-longue, sous la caresse du soleil, elle s'efforça de se détendre, en se laissant bercer par le doux murmure de la mer. Mais comme il lui était difficile de chasser ses préoccupations de son esprit ! Une telle solitude pesait sur elle... Personne ne semblait se soucier de sa présence. Elle aurait aimé visiter l'île, se promener dans les villages, au milieu de la foule animée des touristes... Certes, elle ne comptait pas sur l'amabilité d'Alex, mais le chauffeur des Marcos aurait pu la piloter, car il n'était vraiment pas surchargé de travail... Malheureusement, pareille idée n'effleurerait jamais Mme Marcos, et Harriet n'aurait pas le courage de lui demander cette faveur.

Une terrible nervosité l'agitait. Au lieu de lui donner un peu de répit, l'absence d'Alex ajoutait à sa confusion. Que faisait-il ? Quand reviendrait-il ? Sa pensée ne la quittait pas, la tourmentant jusqu'à l'obsession.

Tant de gens, à sa place, se seraient réjouis de cette oisiveté dorée... Mais l'insatisfaction rongeait le cœur de la jeune fille. Alex avait définitivement menacé sa tranquillité.

Elle somnolait lorsque des bruits de pas sur le sentier la tirèrent de sa torpeur. Elle ouvrit les paupières et se redressa, en s'appuyant sur un coude. Un inconnu, d'allure jeune, vêtu d'un maillot de bain, s'approchait, une serviette sur l'épaule. Il lui adressa un sourire avenant.

— *Thespinis* Masters ? Je suis Spiro Constantis. Ma mère m'a fait part de votre présence à la villa, mais je ne pensais pas vous trouver à la plage. Je ne vous dérange pas, j'espère ?

— Non, naturellement. Je suis enchantée de faire

votre connaissance, *kyrios* Constantis, répondit-elle poliment.

— Appelez-moi Spiro, je vous en prie. Et vous, c'est Harriet, n'est-ce-pas ?

Elle acquiesça d'un signe de tête, tandis qu'il installait une chaise longue à côté d'elle. Quelle différence avec sa mère ! Il était absolument charmant. Mais, bizarrement, Harriet n'était pas très disposée à bavarder avec lui.

— Quelle journée magnifique ! reprit-il. J'ai de la chance de pouvoir la partager avec une compagne aussi agréable. D'ordinaire, quand nous avons des visiteuses à la villa, Alex les accapare ! Il est totalement impossible de rivaliser avec un séducteur tel que lui !

Harriet esquissa un vague sourire. Elle n'avait nul besoin de Spiro Constantis pour lui rappeler les ravages d'Alex... Se reprenant promptement, elle lui demanda s'il travaillait dans la firme Marcos.

— Oui, à Athènes. Je profite de quelques jours de congé pour faire la connaissance de mon petit cousin, le fils de ce pauvre Kostas. Quelle tragédie ! ajouta-t-il avec un soupir.

Harriet détourna les yeux vers le miroir étincelant de la mer.

— Oui, acquiesça-t-elle. J'aimais beaucoup Kostas, et ma sœur Becca était vraiment une femme adorable, pleine de vie et de gaîté. Ils ont été très heureux ensemble.

— Je suis content de l'apprendre. Il a causé de nombreux soucis à ma tante, dans sa jeunesse.

— Oh ?

Kostas était pourtant une nature douce, paisible...

Après une hésitation, elle déclara résolument :

— Dans ce cas, il est dommage qu'elle ne l'ait pas revu après son mariage. Son bonheur l'aurait tranquillisée. Sans... cet accident, ils auraient fini par se réconcilier, je suppose.

Spiro fronça les sourcils d'un air soucieux.

— Peut-être... Kostas était son fils préféré, en dépit de tous ces tracas. Cependant... pardonnez-moi, mais à mon avis, ma tante n'aurait jamais reçu son épouse. Son amertume ne s'est pas encore dissipée. Elle a ressenti ce mariage comme une trahison, et n'a jamais pardonné le rôle joué par votre sœur.

— Pourquoi, pour l'amour du ciel ? s'indigna-t-elle.

— Comment, vous ne savez rien ? s'enquit-il, manifestement très embarassé. Je pensais... Je vous croyais au courant, bien sûr. Excusez-moi, je n'aurais pas dû évoquer cette vieille histoire.

— Je vous en prie. Je voudrais tellement comprendre !

— Peut-être, mais ce n'est pas à moi de vous raconter tout cela. Après tout, c'est Alex le chef de famille.

— Malheureusement... maugréa-t-elle involontairement.

— Il y a donc eu des frictions entre vous... Ah, pauvre Harriet, c'était inévitable.

Il s'interrompit, avant de remarquer posément :

— Vous auriez sans doute été mieux avisée de ne pas venir ici.

— Je n'avais guère le choix, répliqua-t-elle, sur la défensive. Votre cousin voulait faciliter l'adaptation de Nicky à son nouvel environnement...

— Je vois. Le petit Nicos n'est pas avec vous aujourd'hui ?

— Non. Je l'ammène très rarement à la plage. Le sentier est beaucoup trop abrupt et dangereux pour lui. De plus, il préfère la piscine.

— Il sait nager ?

— Il barbote !

— Il a bien de la chance, d'avoir profité jusque-là de votre affection et de votre dévouement. Et un jour, il héritera de tout ceci...

Il balaya d'un geste ample le magnifique paysage à l'entour.

— Sauf si Alex exauce les vœux de sa mère et décide de fonder un foyer, ajouta-t-il.

A ces mots, le cœur d'Harriet se serra douloureusement. La pensée d'Alex avec une autre femme lui était absolument intolérable. Mais un jour, immanquablement, elle apprendrait, par les journaux, le mariage d'Alex Marcos, puis la naissance d'un fils… Mais elle serait loin, à des milliers de kilomètres de Corfou. Peut-être aurait-elle alors réussi à oublier le souvenir amer de cet été ? Il le faudrait bien, si elle voulait préserver la quiétude de son âme.

— Il ne restera probablement pas célibataire, observa-t-elle avec une fausse indifférence.

— Jusque-là, il est parvenu à conserver sa liberté, mais ma tante n'a pas perdu tout espoir de réparer ses torts envers la famille Xandreou, s'il consent à épouser leur fille Maria.

— Que voulez-vous dire ?

— Kostas l'a évincée en faveur de votre sœur. Vous ignoriez également cela, n'est-ce pas ?

— Etait-il réellement fiancé ?

— Non, mais les parents avaient conclu un accord. Le manquement de Kostas a ses engagements a porté une rude humiliation aux Xandreou.

Malgré une certaine compassion pour l'infortunée Maria, Harriet ne blâmait pas Kostas de s'être enfui pour échapper à ce mariage de raison, arrangé par les familles. D'ailleurs, quiconque l'aurait vu en compagnie de Becca lui aurait facilement pardonné cette incartade. Mais ici, à Corfou, les ressentiments ne s'étaient pas estompés. On lui en voulait encore.

— Ainsi, Alex pourrait offrir un compromis ? articula-t-elle lentement.

— C'est un célibataire endurci, mais il possède un sens de l'honneur très fort, et Maria est la filleule de sa mère. Elle arrive ici demain. Vous jugerez vous-même de ses relations avec Alex.

— S'il n'est pas là, ce sera difficile !

— Il reviendra, vous verrez, petite Harriet.

— Ce doit être très sérieux, s'il interrompt pour elle un voyage d'affaires...

Spiro éclata de rire.

— Il invente toujours de bonnes excuses pour rejoindre sa maîtresse à Athènes ! Il s'ennuie mortellement ici, au bout de quelques jours.

A nouveau, les paroles de Spiro lui infligèrent une douleur cuisante, ridicule. Pourtant, elle n'ignorait pas quel genre d'existence il menait...

— Sa future femme n'est pas au courant, j'espère.

— Maria est très raisonnable, répondit-il avec une grimace. Elle est prête à fermer les yeux sur beaucoup de choses, pour devenir Mme Marcos. Quelques milliards valent certainement de petits sacrifices.

— Eh bien, ils s'accorderont très bien ensemble, observa Harriet sombrement.

A la place de Maria, les infidélités d'Alex lui auraient lacéré le cœur.. En tout cas, il avait bien choisi sa future épouse. Il ne recevrait d'elle ni plaintes, ni récriminations d'aucune sorte..

— Vous êtes bien silencieuse, commenta Spiro au bout d'un moment.

Levant les yeux, elle surprit son regard posé sur elle et faillit enfiler aussitôt sa robe, car son minuscule bikini ne dissimulait rien de ses formes gracieuses. Malgré son air avenant et un certain charme, elle n'aimait guère Spiro ; peut-être, tout simplement, parce qu'il lui avait annoncé des nouvelles désagréables...

— Je retourne à la villa. Nicky est sûrement réveillé, déclara-t-elle d'une voix guindée.

— Et il apprécie votre présence. Comme je le comprends !

Gênée par ces flatteries déplacées, elle lui sourit d'un air incertain et se hâta de se rhabiller.

— A plus tard, j'espère, lança-t-il comme elle commençait à gravir le sentier.

Elle avait envie de se mettre à courir, de s'enfuir le plus loin possible de cette villa et de Corfou. Mais il n'y avait aucun moyen de s'échapper... Elle était prise au piège. Son départ dépendait uniquement du bon plaisir d'Alex. Et dès demain, il lui faudrait supporter la présence de Maria. Elle serait obligée de les voir ensemble, tous les deux...

Folle de rage et de dépit, elle faillit se mettre à hurler son désespoir à la face du ciel. Mais Spiro l'observait probablement, depuis la plage... Courbant la tête, elle enfonça ses points dans ses poches, les yeux obstinément fixés sur les cailloux du chemin.

8

— Non, pas une histoire ! lança Nicky, la mine boudeuse et renfrognée. Je veux nager.

Harriet referma le livre avec un soupir. Ce jour-là, elle avait décidé de ne pas emmener le petit garçon se baigner, car il avait toussé durant la nuit. Pourtant, il allait mieux, maintenant… Mais Maria se trouvait certainement au bord de la piscine. C'était une raison suffisante pour ne pas s'en approcher.

Harriet avait pris toutes sortes de résolutions avant l'arrivée de Maria, mais cela avait été peine perdue. Dès son entrée dans la villa, une semaine plus tôt, Maria Xandreou s'était clairement rangée du côté de son hôtesse, manifestant un mépris évident envers Harriet, et, à un degré moindre, envers Nicky. Lorsque Spiro avait fait les présentations, elle s'était contenté de toiser l'intruse d'un air hautain, en murmurant du bout des lèvres des salutations à peine polies. Ensuite, elle avait complètement ignoré l'existence d'Harriet.

En fait, son comportement s'accordait parfaitement à celui de la maisonnée. En l'absence d'Alex, on ne cachait pas à Harriet combien son existence était indésirable. Pendant les repas, les conversations se faisaient en grec ; Mme Marcos utilisait seulement l'anglais au cours de ses bavardages avec Nicky, mais la tante de l'enfant évitait le plus possible d'y assister.

Harriet supportait mal les efforts maladroits que

déployait la vieille dame pour distraire Nicky. Quel contraste poignant avec les souvenirs que la jeune fille gardait de sa propre mère ! Jamais Rose Masters ne serait restée assise sur le sofa avec sa tapisserie, à entretenir de propos guindés l'enfant jouant à ses pieds. Elle se serait agenouillée sur le tapis à côté de lui, au milieu du déballage de cubes et de jouets. Mais, trop soucieuse de son apparence et de sa dignité, Mme Marcos conservait une distance pleine de retenue.

Une telle attitude laissait une curieuse impression de tristesse, car une profonde tendresse transparaissait dans ses yeux lorsqu'elle contemplait Nicky. Cependant, désorienté par le comportement de sa grand-mère, le petit garçon la considérait toujours comme une étrangère et témoignait à son égard une réserve prudente.

Heureusement, il ne lui manifestait pas d'hostilité, comme avec Mme Constantis. Une fois, il avait même traité cette dernière de vieille sorcière, mais Dieu merci, seule Harriet avait entendu. D'ailleurs, Mme Marcos aurait peut-être été plus détendue sans la présence de sa sœur. Mme Constantis désapprouvait totalement l'irruption de Nicky chez les Marcos. Il n'était pas difficile de deviner pourquoi : si Alex persistait dans le célibat, Spiro, beaucoup plus jeune que lui, hériterait de tous les biens des Marcos... Mais l'enfant de Kostas bouleversait ces projets.

Spiro ne partageait sans doute pas les ambitions de sa mère. Au contraire, il semblait assez embarrassé par ses remarques et se montrait très affectueux avec Nicky. En fait, sa personnalité simple et spontanée réconforta beaucoup Harriet. Oubliant ses réserves injustifiées, elle se lia d'amitié avec lui.

Au début, elle l'avait mentalement comparé à son cousin Alex, à son désavantage. Mais bravant la désapprobation de sa mère, il lui manifesta une gentillesse à toute épreuve qui finit par la conquérir. Mme Constantis s'efforçait vainement de le détourner d'Harriet à la faveur de Maria ; ces tentatives peu subtiles étaient assez comiques par leur manque de discrétion. De plus, Spiro ne paraissait pas du tout intéressé par l'héritière des Xandreou.

Maria était une ravissante jeune fille. Cependant, son mauvais caractère la rendait très irascible et elle n'offrait pas très souvent un visage gracieux et avenant. Elle exhibait son corps suberbe en paradant vêtue de minuscules bikinis, assortis de paréos de même couleur. Tous les jours, elle passait une bonne partie de son temps à se prélasser au soleil, pour parachever un bronzage déjà parfait ; jamais elle ne se baignait. Ses loisirs consistaient uniquement à feuilleter de luxueux magazines de mode, et à se parer de bijoux et de toilettes extravagantes. Comme visiblement les babillages et les jeux bruyants de Nicky l'irritaient, Harriet prenait grand soin de tenir l'enfant le plus possible à l'écart.

— La piscine, Harry, implora Nicky en la tirant par la main.

Lorsqu'Harriet hocha la tête, à contrecœur, il poussa un cri de joie et se précipita au dehors. Maria était déjà confortablement installée sur une chaise-longue, un plateau avec un pichet de jus de fruits glacé posé sur une petite table, à côté d'elle. A leur approche, elle se redressa et ôta ses lunettes de soleil pour les toiser d'un air méprisant. Comme si de rien n'était, Harriet esquissa un vague sourire, enleva sa robe de cotonnade et la posa sur le dos d'un fauteuil. Impatient, Nicky sautillait d'excitation. Dès qu'elle l'eut débarrassé de son tee-shirt, il courut vers les marches et se mit à barboter joyeusement.

Assise sur le bord, les jambes dans l'eau, Harriet l'observa s'ébrouer avec un amusement indulgent. Alex avait offert à son neveu une superbe bouée en forme de cygne, qu'il adorait.

Au bout d'un moment, elle rejoignit le petit garçon pour jouer avec lui, l'encourageant à flotter sur le dos et à exécuter les mouvements de la brasse. Les sourcils froncés, Maria ne les quitta pas des yeux. Finalement, lorsqu'ils sortirent de l'eau, elle les appela d'un geste impérieux.

— Sèche-toi les cheveux, murmura Harriet à Nicky, avant de s'approcher de Maria, sa serviette à la main.

La jeune grecque détailla avec hauteur la silhouettte d'Harriet, puis déclara d'une voix glaciale :

— Qui vous a donné la permission d'utiliser la piscine à cette heure-ci ?

Harriet se crispa nerveusement.

— Je ne comprends pas, *thespinis*.

Maria releva le menton d'un air offensé.

— Je parle pourtant un très bon anglais. Ne faites pas semblant d'être stupide. Vous ne devez pas amener cet enfant ici en présence d'invités de la famille. Il est beaucoup trop turbulent. Et maintenant, reconduisez-le à la nursery, je vous prie.

Folle de colère, Harriet s'appliqua néanmoins à conserver son sang-froid.

— Vous vous méprenez, *thespinis*. Je ne suis pas une bonne d'enfant. Je suis la tante de Nicky, et hôte des Marcos, au même titre que vous.

Nullement décontenancée le moins du monde, Maria haussa les épaules avec désinvolture.

— Pourquoi n'allez-vous pas à la plage ? Vous ne dérangeriez personne.

— Parce que le sentier est trop dangereux pour Nicky, répliqua Harriet sans se départir de son calme. D'ailleurs, Alex a fait poser un portail, pour plus de sécurité. Vous l'avez probablement remarqué.

Tandis que Maria plissait les yeux d'un air offusqué à la mention du prénom d'Alex, elle s'empressa d'ajouter :

— Je suis désolée si Nicky vous importune, *thespinis*. Vous n'avez peut-être pas l'habitude des jeunes enfants...

— Détrompez-vous, la coupa Maria insolemment. J'ai de nombreuses amies mariées et mères de famille. Seulement, les enfants grecs sont éduqués convenablement ; on leur apprend à jouer paisiblement, sans ennuyer les grandes personnes. Apparemment, il en va tout autrement des jeunes anglais. Ils sont trop gâtés. Ce sont de véritables... voyous !

— Nicky est à moitié grec, dois-je vous le rappeler ?

Harriet regretta immédiatement ses propos irréfléchis, car une lueur haineuse s'alluma dans le regard de Maria. Le petit garçon représentait une preuve vivante de l'humiliation de Kostas, et ce souvenir lui était certainement très pénible... Réprimant un soupir, elle reprit :

— S'il vous gêne tellement, nous partons.

Spiro arriva à ce moment-là, un appareil photographique en bandouilière. A leur vue, il s'immobilisa.

— Ah, vous vous êtes déjà baignés ! Aimeriez-vous m'accompagner à Paleocastritsa avec Nicos ?

Le visage d'Harriet s'illumina d'un sourire ravi. Elle avait tant envie de visiter les environs !

— J'accepte avec joie ! s'écria-t-elle. Nicky, nous allons au bord de la mer avec Spiro !

— L'endroit vous plaira, j'en suis sûr, déclara-t-il. La plage de sable fin est superbe, malgré la foule des touristes. De très belles falaises, avec des grottes, bordent la baie. C'est vraiment un paysage magnifique.

Harriet rassembla ses affaires et se dirigea vers la villa pour se changer, suivie par le regard meurtrier de Maria. De toute évidence, elle était terriblement vexée de ne pas bénéficier des attentions de Spiro... Savourant son triomphe, Harriet exulta méchamment.

Pendant que Yannina s'occupait de Nicky, elle prit une douche, enfila un bikini sec et passa par-dessus une jolie combinaison pantalon jaune citron.

Debout au bas des marches, dans le vestibule, Spiro

lui jeta un regard admiratif lorsqu'elle apparut dans l'escalier.

— Comme vous êtes belle ! Partons vite.

— Avant qu'on nous voie ?

Perplexe, il haussa les épaules avec une expression embarrassée.

— Vous occupez dans cette maison une position bien inconfortable, Harriet, lui dit-il dans la voiture.

Harriet soupira.

— Inutile de me le rappeler ! Pourtant, j'ai du mal à comprendre les raisons de l'animosité des Marcos. Kostas n'est ni le premier ni le dernier à s'être marié contre le gré de sa famille !

— Certes… Mais il ne s'agit pas uniquement de cela..

Il s'interrompit brutalement, de peur d'en avoir déjà trop dit.

— Je vous en prie, Spiro, j'ai le droit de savoir ; je souffre de cette situation.

— Peut-être… Cependant, Alex ne serait pas content si je discutais des affaires de famille avec…

— Une étrangère, lui souffla Harriet, comme il hésitait. Naturellement, je pourrais lui poser des questions, en expliquant que vous avez éveillé ma curiosité.

— N'en faites surtout rien ! protesta-til, horrifié. Oh, après tout, vous avez raison. J'ai vu la manière dont ma tante se comporte avec vous ; c'est vraiment abominable.

Au bout d'un silence, Harriet lui demanda :

— Pardonnez-moi, mais Mme Constantis est-elle au courant de cette sortie ?

Il hocha la tête.

— L'idée vient d'elle, en partie. J'aurais aimé vous emmener en promenade bien avant, Harriet, mais…

— On vous en aurait tenu rigueur. Etes-vous sûr d'avoir interprété correctement les désirs de votre mère ?

— Vous ne me croyez pas ? Oh, je ne vous en blâme

pas. Mais il faut tâcher de comprendre ma mère. Elle a un caractère très entier, sans demi-mesure, ni dans l'amour ni dans la haine. Elle vit ici avec ma tante depuis la mort de mon père. Comme elles sont veuves toutes les deux, cet arrangement leur convient parfaitement. Cependant... ma mère s'intéresse un peu trop à... certains aspects de nos liens de parenté, conclut-il sur un ton profondément embarrassé.

— En d'autres termes, elle vous considère comme l'héritier présumé d'Alex.

— Est-ce donc si évident ? Je le craignais. Pourtant, c'est tout à fait ridicule. Alex finira par se marier et avoir un fils, c'est inévitable. Il en serait ainsi même si Nicos n'existait pas. Mon père était loin d'être pauvre ; malgré tout, ma mère a toujours été jalouse de la famille Marcos et du brillant mariage de sa sœur cadette. Je trouve cela regrettable, mais je ne peux rien y changer.

— Personne n'était au courant de la paternité de Kostas ?

— Alex savait, mais il n'a rien dit jusqu'à la mort de son frère, lorsqu'il a décidé de prendre les mesures nécessaires pour obtenir la garde de son neveu.

— Pourquoi Kostas s'était-il brouillé avec sa famille ? l'interrogea Harriet en revenant à la charge.

Spiro soupira.

— Il enviait énormément le charme et la personnalité brillante de son frère aîné. Il souffrait de grandir dans son ombre, d'être éclipsé par son caractère dominateur. Lorsqu'il est entré dans la firme, il a essayé certaines... innovations, pour se démarquer d'Alex, qui était alors président-directeur-général. Mais il manquait d'intuition, de combativité, et a échoué lamentablement, réalisant ainsi les sombres prédictions d'Alex. Vous imaginez la colère d'Alex, sa dureté. Il a posé un ultimatum à Kostas : dorénavant, il devrait se contenter d'obéir aux consignes, et comme preuve de sa docilité, épouser Maria, puisque tel était le souhait des deux familles.

Il marqua un lourd silence, avant de conclure :

— Il y a eu une scène terrible, à l'issue de laquelle Kostas est parti. Finalement il a rompu tous les liens avec la firme Marcos, et a émigré en Angleterre, pour chercher du travail. C'est alors qu'il a rencontré votre sœur, je suppose.

— Oui. Il était comptable dans une société anglaise. Le jour où il a parlé à Becca de sa famille, elle ne l'a pas cru, tout d'abord.

— Ah ! Cela explique sans doute sa conduite. Il aura tenté de la convaincre.

Sa gravité intrigua Harriet.

— Que voulez-vous dire ? Qu'a-t-il fait ?

Spiro hésita un long moment avant de répondre.

— Il a volé un rubis à sa mère pour l'offrir à sa fiancée.

Interloquée, Harriet jeta un coup d'œil inquiet en direction de Nicky, à l'arrière. Absorbé dans la lecture d'un livre d'images, il n'écoutait pas, et n'aurait de toute façon certainement rien compris à la conversation.

— Je ne vous crois pas, déclara-t-elle platement.

— Malheureusement, c'est la stricte vérité. Je comprends votre réaction. Un tel acte était indigne de lui, et ma tante en a été profondément affectée. Après cet incident, elle n'a plus prononcé son nom, pendant longtemps. Quelle triste histoire ! Kostas était venu à la villa pour annoncer à sa famille son mariage avec votre sœur, et réclamer à sa mère la bague de fiançailles qu'elle lui avait promise pour sa future épouse. Mais elle a refusé de la lui donner, puisqu'il n'avait pas tenu ses promesses envers Maria Xandreou. Je n'insisterai pas sur les détails de cette dispute...

Avec un frisson, Harriet écouta la suite.

— Kostas s'est montré extrêmement violent. Il a accusé sa mère de lui avoir toujours préféré Alex. Il l'a menacée de couper tout contact avec elle si elle refusait d'accueillir sa future femme au sein de la famille Marcos, de repartir dès le lendemain, en emportant ses possessions personnelles, un certain nombre de documents, et une icône ancienne, de grande valeur, enfermée dans le coffre d'Alex avec les bijoux de sa mère.

A présent, Harriet ne désirait plus en entendre davantage. Pourtant, elle avait trop insisté pour pouvoir se dérober aux explications de Spiro.

— Le lendemain de son départ, on a découvert la disparition de la bague. Alex voulait le rattraper pour l'obliger à la rendre, mais ma tante s'y st opposée. Elle a rejeté tout le blâme sur votre sœur. A son avis, Kostas n'aurait jamais commis un tel méfait si une femme ne l'y avait exhorté.

Harriet secoua la tête d'un air misérable.

— Becca n'a jamais eu cette bague en sa possession. Je me souviens de l'icône, car Kostas l'a vendue au moment de la naissance de Nicky, pour acheter tout le nécessaire. Mais Becca n'a jamais eu aucun bijou, à part son alliance, et une perle en pendentif — un cadeau de Noël de Kostas —.

Spiro haussa les épaules.

— Il en aura sans doute tiré un bon prix aussi...

— Il n'avait jamais d'argent ! protesta-t-elle.

— Je me suis moi-même posé bien des questions sur Kostas. Je le connaissais bien... Je l'aurais juré incapable d'une telle turpitude envers sa mère. Il aura peut-être eu honte, par la suite, et aura dissimulé ce rubis. Dans un coffre, par exemple ?

— Non, c'est impossible, déclara Harriet en secouant la tête véhémentement. Ce vol aurait pesé sur sa conscience. Or il était joyeux, détendu...

— Vous êtes une amie loyale et affectueuse, petite Harriet. Mais les preuves sont... écrasantes.

— Je m'en moque. Cela ne me fera pas douter de la moralité de Kostas.

— Ne nous querellons pas là-dessus. Cette histoire a

déjà occasionné trop de tristesse et d'amertume. Peut-être vaut-il mieux conserver le mystère sur ce point.

Lorsque son compagnon changea abruptement de sujet, elle ne protesta pas, mais le soleil avait cesssé de briller pour elle ce jour-là. L'exposé de Spiro l'avait considérablement choquée. Kostas était innocent, il ne pouvait en être autrement, malgré les accusations d'Alex et de sa mère. Mais alors, qui était coupable ? Un domestique ? Cela semblait peu probable ; ils étaient tous filèlement attachés au service de la famille depuis de nombreuses années.

En tout cas, Kostas était très certainement au courant des soupçons qui pesaient sur lui. Sa profonde amertume et ses réticences à évoquer son passé en témoignaient...

Paleocastritsa grouillait de monde. D'innombrables touristes s'adonnaient aux joies de la mer et du soleil. Au bout de petites jetées en bois, des bateaux offraient des excursions sur la baie. Spiro offrit à ses amis des rafraîchissements à la terrasse d'une taverne, au bord de la plage. Après avoir bu un grand verre de jus d'orange, Nicky observa un instant les enfants qui jouaient dans le sable. Soudain, il s'écria avec étonnement :

— Cette dame est nue !

Suivant son regard, Harriet aperçut en effet une superbe jeune femme en monokini. Spiro réprima un éclat de rire amusé.

— Vous ne paraissez pas approuver cette tenue, Harriet.

Rougissant légèrement elle confessa :

— Je... Je n'oserais jamais me promener ainsi.

— C'est dommage... En tout cas, mon cousin Alex partage entièrement votre point de vue, mais pour des raisons différentes. Selon lui, une femme perd de son mystère, à s'exposer de la sorte à tous les regards.

— Cette attitude démodée me surprend énormément de sa part !

— Dois-je le lui dire, lorsqu'il reviendra ? la taquina-t-il.

— Il ne semble guère pressé, observa-t-elle avec une fausse indifférence.

— Je ne l'en blâme pas, répliqua Spiro avec un grimace. Si le sort me réservait Maria, je resterais éloigné le plus longtemps possible.

— Elle sera certainement pour lui l'épouse idéale...

Au plus grand plaisir de Nicky, ils louèrent ensuite un bateau pour explorer les grottes des falaises. A travers l'eau claire comme du cristal, on distinguait nettement toute la faune marine : oursins, étoiles de mer, bancs de poissons minuscules. Ravi, le petit garçon se répandit en exlamations de joie et d'émerveillement.

Après quoi, ils déjeunèrent dans une auberge dominant la baie, à l'ombre d'une tonnelle. Nicky dédaigna les coquillages pour une omelette, tandis que Spiro faisait goûter à Harriet le vin résiné. A la fin du repas, ils rejoignirent les vacanciers sur la plage. Nicky s'endormit sans protester à l'ombre d'un parasol, et Harriet s'étendit à côté de lui, les paupières closes.

Malgré tous ses efforts pour ne pas y penser, les révélations de Spiro l'obsédaient, l'empêchant de se détendre pour goûter le plaisir de cette après-midi. Les accusations portées contre Kostas rejaillissaient sur elle à travers Becca et Nicky. Comment le petit garçon pourrait-il grandir au milieu de gens qui considéraient son père comme un voleur ?

Cela expliquait sans doute les réserves de Mme Marcos à l'égard de son petit-fils. Mais alors, pourquoi Alex tenait-il tant à garder Nicky à Corfou ? Il semblait plus sage de le ramener en Angleterre avec elle...

— Vous avez l'air triste, Harriet, lança Spiro en lui posant doucement la main sur l'épaule. Ne vous tourmentez pas inutilement. Venez nager.

La baignade lui donna un coup de fouet et lui rendit un peu de gaîté. Elle était déjà plus résignée lorsqu'ils rentrèrent à la villa, tard dans l'après-midi. A leur arrivée, Yannina surgit sur le seuil comme par enchantement, le visage rayonnant.

— *Kalispera, thespinis.* Avez-vous passé une bonne journée ?

— Oui, excellente, répliqua-t-elle en lui tendant l'enfant endormi. Il faut lui servir son dîner maintenant, et le coucher tout de suite après, je pense.

— Je suis de votre avis, *thespinis.*

Comme Harriet s'apprêtait à suivre la nurse à l'intérieur, Spiro la retint par le bras.

— Je vous invite au restaurant ce soir. Nous pourrions aller à Nissaki, dans une taverne au bord de la mer. Acceptez, je vous en prie.

Pressentant un danger, Harriet hésita. L'intonation pressante du jeune homme l'inquiétait, car elle ne volait pas lui infliger de déception s'il s'intéressait trop à elle... Pourtant, d'un autre côté, la perspective d'un repas en famille ne l'attirait guère.

— Je serais enchantée, Spiro, mais...

— Je ne dois pas entretenir de fausses illusions sur nos relations, c'est cela ? acheva-t-il à sa place, piteusement. Mais qui est l'heureux élu de votre cœur ? Pas mon cousin Alex j'espère.

Un instant, la jeune fille eut peur de se trahir en s'empourprant. Heureusement, elle réussit à conserver son calme, et parvint même à simuler un petit rire désinvolte.

— Quelle idée saugrenue ! Je ne suis pas si sotte, Dieu merci ! Les coureurs de jupons de son espèce ne m'intéressent absolument pas. Non, j'ai un fiancé à Londres, Roy. Nous devons nous marier à mon retour.

Spiro poussa un long soupir.

— Tant pis... De toute façon, j'aimerais tout de même beaucoup passer la soirée avec vous.

— D'accord. Merci, Spiro.

Impulsivement, elle se dressa sur la pointe des pieds pour déposer un baiser sur sa joue.

— Je ne peux vraiment espérer rien d'autre ? lança-t-il en riant.

Il se pencha pour l'embrasser, sur les lèvres, cette fois. Cet élan n'avait rien d'une étreinte passionnée, mais Harriet, surprise, ne réagit pas tout de suite. Elle n'était pas encore arrivée à se dégager lorsque la voix d'Alex retentit derrière eux.

— Apparemment, je vous dérange. Vous devriez choisir des endroits plus discrets.

La jeune fille fit volte-face, en portant les mains à ses joues cramoisies.

— Oh, vous êtes rentré, remarqua-t-elle un peu stupidement, prise de court.

— De toute évidence...

Puis il railla Spiro, d'une voix glaciale :

— Tu ne perds pas de temps, cher cousin.

— Je suis ton exemple.

La mâchoire crispée, Alex marmonna quelques mots de grec, sur un ton sarcastique. Furieux, Spiro rougit violemment et se précipa sur Alex, dans un mouvement impétueux.

— Oh, je vous en prie ! intervint Harriet, affolée, en retenant Spiro par le bras. Ne gâchez pas ma journée !

S'immobilisant, il haussa les épaules d'un air boudeur et retourna vers sa voiture. La portière claqua, puis il démarra en trombe, dans un crissement de pneus.

Harriet se retrouva seule avec Alex.

Comme il lui barrait le passage, elle articula faiblement, la bouche sèche :

— Pardon... Je voudrais rentrer.

— Je veux d'abord vous parler, déclara-t-il avec une colère sourde.

— Au sujet de Nicky ? Oh, il va très bien. Nous

l'avons emmené à Paleocastritsa pour la journée. Vous aviez raison, c'est un endroit superbe.

— Nicos vous accompagne-t-il à chacune de vos sorties avec mon cousin ?

Sur le point de se récrier, elle se ravisa subitement. Après tout, elle n'était ni une servante ni une prisonnière dans cette maison ! Pourquoi lui demandait-il des comptes ?

Redressant le menton avec défi, elle rétorqua froidement :

— Pas toujours. En tout cas, pas ce soir, par exemple. Spito m'invite à dîner à Nissaki. Maintenant, pardonnez-moi, je dois me changer.

Au lieu de s'effacer, il la toisa avec arrogance.

— Puisque vous êtes devenue si prodigue de baisers durant mon absence, vous ne pouvez pas m'en refuser un.

Aussitôt, il l'attira contre lui pour embrasser ses lèvres, implacablement. Instinctivement, elle referma ses doigts sur l'étoffe de sa chemise. Un frisson la parcourut au contact de ses joues râpeuses, mal rasées. Malgré elle, une vague de désir la submergea. Lorsqu'il la lâcha, un gémissement plaintif s'échappa de sa gorge contractée.

— Maintenant, retournez à Spiro, murmura-t-il.

Incapable de bouger, elle demeura là, immobile, comme paralysée. Finalement, il s'éloigna et la laissa seule.

Soudain, tout lui parut atrocement silencieux. On entendait seulement le chuchotement de la fontaine. Debout sur son piédestal, la nymphe de pierre souriait de son air énigmatique. Harriet aussi était pétrifiée. Mais nul sourire n'illuminait son visage. Si son cœur n'avait été glacé d'effroi, elle se serait effondrée en larmes...

9

Il faisait une chaleur accablante. La petite brise qui soufflait de la mer ne rafraîchissait même pas l'atmosphère. Jour après jour, Harriet se sentait de plus en plus oppressée.

Pourtant, rien ne justifiait une telle tristesse. Bien des gens lui auraient envié ce séjour oisif au soleil, sous le ciel bleu de Corfou. De plus, Spiro s'occupait activement de la distraire. En sa compagnie, elle avait exploré l'île, et visité la ville de Corfou, avec ses innombrables églises et ses ruelles tortueuses, bordées de boutiques de souvenirs et d'artisanat local. Ils s'étaient promenés en calèche, avaient assité à des spectacles de danses folkloriques, écouté des concerts de syrtaki.

Assez souvent, ils partaient pique-niquer au fond de criques pittoresques, accessibles seulement en bateau. Dans la baie qui s'étendait au-dessous de la villa, Harriet avait même pris ses premières leçons de ski nautique.

Tous les soirs, après tant d'exercice physique, elle montait dans sa chambre avec une agréable sensation de fatigue. Mais chaque nuit, invariablement, elle se tournait et se retournait dans son lit sans parvenir à trouver le sommeil. Les pensées qui l'assaillaient dans sa solitude la désespéraient.

Alex l'obsédait. Depuis son retour, elle prenait grand soin de l'éviter le plus possible. Mais elle n'arrivait pas à le chasser de son esprit. Il hantait ses rêveries.

Peut-être s'était-elle imaginé cette explosion de passion sauvage, survenue le soir de son arrivée ? Qui sait si elle n'avait pas été abusée par la force de ses propres désirs, si profondément refoulés ? Il la traitait avec une telle désinvolture, depuis cet incident... L'arrogance indifférente de ses yeux sombres la glaçait. Pourtant, elle n'avait pas inventé les meurtrissures de ses lèvres, qu'il lui avait fallu dissimuler par un savant maquillage. Elle avait redouté les questions embarassantes de Spiro. Mais s'il avait remarqué quelque chose, il s'était heureusement abstenu de tout commentaire.

Ce jour-là, Harriet avait beaucoup apprécié leur sortie à Nissaki. Ils avaient dîné sous des guirlandes de lumières suspendues dans les oliviers, tout près de la mer. Spiro l'avait initiée aux délices de la cuisine grecque ; sous ses conseils, elle avait mangé des anchois, des beignets d'aubergine et de poivron, et des brochettes d'agneau aux herbes. La nourriture était très différente, à la villa, car le chef cuisinier d'Alex était français.

La jeune fille s'était mentalement préparée à beaucoup souffrir en voyant Alex courtiser Maria... Mais Dieu merci, cela lui fut au moins épargné. Il ne prêtait guère d'attention aux mines enjôleuses de l'héritière des Xandreou, et Harriet surprit même, à plusieurs reprises, une moue chagrinée sur le visage de Maria.

De toute évidence, Alex n'avait pas l'intention de jouer la comédie de l'amour. Il resterait toujours maître de la situation. Même si un mariage se concluait, il imposerait à Maria ses propres conditions.

En attendant, il se consacrait presque entièrement à Nicky, l'entourant d'une affection de tous les instants. Il jouait avec lui, le choyait, le gâtait comme un prince. Visiblement, l'enfant s'attachait profondément à lui. Harriet ne tarderait plus à regagner l'Angleterre ; ses jours à Corfou étaient comptés, maintenant...

Depuis le retour d'Alex, les séances de l'après-midi,

avec Mme Marcos, s'étaient considérablement détendues. Sans cérémonies, l'oncle de Nicky mettait le petit garçon sur les genoux de sa grand-mère, ou dans ses bras. Les traits de la vieille dame se radoucissaient et s'illuminaient de tendresse. Souvent, Harriet se détournait pour cacher son émotion, en maudissant intérieurement sa trop grande sensibilité.

Même Maria eut assez de bon sens pour dissimuler ses véritables pensées. En présence de Nicky, elle se répandait en flatteries et en compliments.

Mais Mme Constantis n'avait pas encore accepté l'enfant. Son attitude alarmait curieusement Harriet. En apparence pourtant, tout allait bien, car elle se montrait extrêmement courtoise ; pas une fois elle n'éleva d'objection sur ses relations avec Spiro.

Harriet ne pouvait s'empêcher de trouver ce comportement suspect. Très ambitieuse pour son fils, Mme Constantis n'avait probablement pas abandonné tout espoir de le marir avec Maria Xandreou. Au lieu de feindre l'indifférence, elle aurait dû l'empêcher de sortir avec Harriet, et encourager un rapprochement avec Maria, négligée par Alex. Que cachaient donc ses sourires acides et ses yeux inexpressifs ?

En tout cas, la sœur de Mme Marcos n'avait pas changé de conduite envers Nicky. Jamais elle ne s'adressait à lui directement, ni ne lui prêtait la moindre attention. Elle semblait même plus dure, plus tendue… Mais Harriet exagérait peut-être. Il lui paraissait de plus en plus difficile de garder le sens des proportions et de demeurer objective.

Elle comprenait parfaitement l'attachement des deux sœurs, que leur veuvage avait rapprochées. Mais l'arrivée du petit garçon avait suscité un profond ressentiment chez Mme Constantis. Puisqu'elle possédait un appartement à Athènes et une maison dans le péloponnèse, peut-être se résoudrait-elle à repartir ? Une telle décision était à souhaiter, pour le bien de Nicky.

Allongée sur la plage, la joue sur ses bras croisés, Harriet soupira d'accablement. Alex et Spiro partis à la pêche, Nicky en visite chez des amis de sa grand-mère, elle restait seule, à ruminer ses idées noires. L'atmosphère était lourde, chargée d'électricité. Il se préparait peut-être un orage...

Que ferait-elle à son retour à Londres ? Elle n'avait pas l'intention d'accepter l'aide d'Alex pour retrouver un emploi. De toute façon, il avait probablement oublié ses promesses... Comme il eût mieux valu ne jamais le rencontrer ! A présent, un avenir sans joie s'offrait à elle. Que de luttes il lui faudrait mener pour bannir son souvenir de sa mémoire ! Quand serait-elle enfin délivrée de lui ? Son dernier assaut de passion l'avait bouleversée, éveillant au fond de son être des désirs qui resteraient à tout jamais inassouvis...

Un bruit de moteur s'éleva dans le silence. Le bateau revenait. Fermant les yeux, Harriet fit semblant de dormir. Bientôt, les deux hommes s'approchèrent en riant et parlant avec animation. En sentant quelques gouttes fraîches tomber sur son dos, elle rouvrit les paupières pour regarder par-dessus son épaule.

Quand Alex s'agenouilla à ses côtés pour passer du produit solaire sur sa peau, elle s'agita nerveusement.

— Restez tranquille ! Il ne faut jamais s'endormir au soleil. Vous auriez pu être grièvement brûlée.

Au contact des doigts d'Alex, un frémissement incoercible la parcourut. Tandis qu'il appliquait la lotion sur ses reins et ses hanches, elle dut mordre son poing pur réprimer un tremblement.

Seigneur ! Dans quel état était-elle, pour éprouver à la fois tant de plaisir et de douleur, au moindre effleurement ?

— Merci, murmura-t-elle gauchement quand il eut fini.

Cramoisie, elle évita soigneusement son regard, tandis que Spiro observait la scène, avec un haussement de sourcils significatif. Tâchant de masquer son embarras, elle demanda avec une désinvolture étudiée :

— La pêche a été bonne ?

— Assez, répliqua sèchement Alex.

Quand il se détourna pour parler à Andonis, qui déchargeait les filets, Spiro s'approcha.

— Nous dînons à la villa, ce soir, n'est-ce pas ?

Elle acquiesça avec un sourire, en luttant de toutes ses forces pour oublier la présence d'Alex. Subitement, comme elle se redressait sur ses coudes, Spiro en profita pour lui jouer une plaisanterie et lui dérober le haut de son maillot de bain, qu'elle avait dénoué afin d'uniformiser son bronzage.

— Spiro, rapportez-le moi tout de suite ! cria-t-elle sur un ton offusqué.

Lorsqu'elle s'assit, les bras croisés sur sa poitrine pour cacher sa demi-nudité, il éclata de rire.

— Venez le chercher vous-même.

Juste à ce moment-là, l'ombre d'Alex la couvrit. Une rage froide déformait ses traits. Lançant à Spiro un regard meurtrier, il se mit à hurler furieusement, en grec. Un instant, Harriet crut Spiro sur le point de défier son cousin, mais quand Alex s'approcha, menaçant, il haussa les épaules presque piteusement et lui jeta le petit bout de chiffon roulé en boule.

— Rhabillez-vous ! ordonna Alex avec colère.

Harriet obtempéra, en se détournant pudiquement. Quand elle eut terminé, Alex était parti, mais Spiro était toujours là, le regard fixé sur le sentier, un étrange sourire sur les lèvres.

— Avez-vous perdu la tête ? s'écria-t-elle vivement. Quelle idée vous a pris, de faire une chose pareille ?

— C'était une petite expérience, sans plus. Ma pauvre Harriet, quittez cet air scandalisé, il n'y a pas de quoi se fâcher !

— J'ai cru qu'Alex allait vous étrangler, dit-elle avec un frisson.

— Moi aussi, admit-il candidement, avec la même expression bizarre.

— Je n'ai pas de conseils à vous donner, Spiro, mais vous ne devriez pas trop provoquer votre cousin.

— Je promets de ne pas en faire une habitude, déclara-t-il avec un rire enjoué. En attendant, il serait peut-être plus sage de dîner à l'extérieur, ce soir. Qu'en pensez-vous ?

— D'accord.

De toute manière, elle ne se sentait pas le courage d'affronter la mauvaise humeur d'Alex. Comment osait-il la toiser avec un tel mépris, alors qu'il venait de se permettre des privautés inacceptables ?

Elle rassembla ses affaires et se dirigea lentement vers la villa. Dans sa chambre, Nicky l'accueillit avec ses habituels babillages exubérants. Très intelligent, il apprenait chaque jour de nouveaux mots de grec. Bientôt, il maîtriserait parfaitement cette langue étrangère, et la distance qui les séparait déjà s'accentuerait encore... Harriet chérissait ses rares instants de solitude avec lui, car sa nouvelle famille commençait à l'accaparer, et il n'y avait pas de place pour elle dans ce milieu clos, gouverné par l'argent et l'appétit de pouvoir.

Elle le baigna, tout en s'amusant avec lui à leurs jeux favoris. Lorsqu'elle enveloppa son petit corps dans le grand drap de bain, sa gorge se serra convulsivement, et elle le pressa tendrement contre son cœur, comme si l'heure de la séparation avait sonné. Déconcerté par ce comportement, le petit garçon se débattit d'un air inquiet. Les larmes aux yeux, elle le lâcha pour entamer une folle partie de cache-cache.

Puis elle le coucha et lui raconta ses histoires préférées pour l'endormir. Finalement, elle le quitta à regret pour aller se préparer.

Ce soir-là, elle revêtit une très jolie robe, achetée au cours d'une promenade à Corfou, dans un moment de

116

folie. Coupée dans une étoffe indienne tissée de fils dorés, elle lui seyait à ravir, avec ses manches amples, sa jupe froncée et son décolleté tressé de rubans. Mais cette toilette romantique aurait mieux convenu à un jour de fête...

Harriet se maquilla légèrement, en mettant toutefois un soin particulier à cacher ses cernes. Heureusement, en dépit de sa fatigue nerveuse, son hâle lui donnait bonne mine. Elle avait coiffé ses cheveux en chignon, mais changea d'idée à la dernière minute, et les laissa flotter librement sur ses épaules.

Tandis qu'elle se parfumait, on frappa abruptement à sa porte.

— La voiture est devant la porte *thespinis*, lui annonça Androula.

— Prévenez le *kyrios* que j'arrive tout de suite, répliqua Harriet en se raidissant sous le regard désapprobateur de la domestique.

Androula hocha la tête sans mot dire et disparut.

Harriet s'examina attentivement dans la glace, puis, satisfaite, sortit de sa chambre. Dans l'escalier, elle croisa Mme Constantis, qui abandonna ses sourires mielleux pour la foudroyer d'un regard haineux, venimeux. La jeune fille se contracta brutalement, comme si elle l'avait frappée. Au bas des marches, elle dut s'arrêter une minute pour recouvrer son calme. Jetant un coup d'œil sur le palier du premier étage, elle vit la silhouette vêtue de noir disparaître dans le couloir, telle une furie antique. Que faisait Zoé Constantis dans cette partie de la villa ? On ne l'y rencontrait généralement pas, car elle logeait au rez-de-chaussée. En tout cas, Harriet avait eu raison de ne pas s'illusionner sur son apparent changement d'attitude... Comment cette harpie sévère et acariâtre avait-elle pu donner naissance à un fils aussi charmant que Spiro ?

Comme elle se dirigeait vers la voiture, retentit le premier roulement de tonnerre. L'air était chargé d'électricité. Enfin l'orage éclatait. Il ferait moins lourd le lendemain, heureusement.

Le moteur tournait déjà. Elle s'engouffra par la portière ouverte, et aussitôt, Spiro démarra. Avait-il eu une altercation avec sa mère, pour être aussi pressé ?

— Je suis désolée d'être en retard ; j'ai tenu compagnie à Nicky...

Brusquement, elle s'interrompit en découvrant Alex assis au volant, une expression sardonique figée sur ses traits.

— Qui ne vous attendrait avec plaisir, ma chère Harriet ?

— Que faites-vous ici ? Où est Spiro ?

— En route pour Athènes. Ses vacances sont finies.

Trop déconcertée pour parler, elle garda un instant le silence. Finalement, elle observa d'une voix hésitante :

— Etait-ce bien nécessaire ? Ses facéties de cet après-midi n'avaient rien de méchant.

Il éclata d'un rire mauvais.

— Vous vous flattez ! Le départ de Spiro n'a rien à voir avec cette plaisanterie d'un goût douteux. Un problème a surgi dans nos bureaux d'Athènes, et requiert sa présence là-bas. Malheureusement, il n'a pas eu le temps de vous l'expliquer lui-même, ni de vous faire ses adieux.

— Il aurait suffi d'un simple message pour annuler notre sortie. J'aurais très bien compris, répliqua-t-elle avec raideur.

— Mais vous êtes mon invitée, Harriet, protesta-t-il sur un ton doucereux. Un hôte digne de ce nom ne vous priverait pas du plaisir d'une soirée au restaurant alors qu'il est en son pouvoir de combler le vide laissé par l'absence de Spiro.

— C'est très aimable à vous. Cependant, si cela ne vous ennuie pas, je préfèrerais retourner à la villa.

— Non, décréta-t-il péremptoirement. Vous dînerez avec moi.

— Autrement dit, vous ne tenez aucun compte de mes souhaits.

Courbant la tête, elle croisa rageusement ses mains sur ses genoux.

— Pas dans les circonstances présentes, Harriet ; nous avons à aborder des problèmes importants. E il n'est pas toujours facile de discuter tranquilement chez moi.

— Je vois... Vous voulez sans doute me parler de Nicky, et de mon prochain retour en Angleterre ?

— Entre autre choses. Vous n'imaginez tout de même pas poursuivre cette existence indéfiniment ?

— Non, naturellement. En fait, Nicky s'est admirablement bien adapté. Je suis prête à partir, quand vous le voudrez. Seulement... J'ai encore quelques inquiétudes, malgré tout. Vous lui avez consacré beaucoup de temps, ces dernières semaines. Il va se sentir très seul et abandonné, durant vos longs voyages. Il supporterait peut-être mieux vos absences si vous vous montriez moins exclusif.

— Je n'ai aucunement l'intention de me séparer de Nicos, au moins jusqu'à son entrée à l'école.

— Mais vous ne pouvez pas emmener sa nurse et lui partout avec vous ! s'écria-t-elle, consternée. Ce genre de vie n'est pas du tout sécurisant pour un enfant.

— Il sera avec ma femme et moi. Nous lui apporterons tout l'amour et la chaleur dont il a besoin. n'est-ce pas plus important que les quatre murs d'une maison ?

« En avez-vous discuté avec Maria ? Est-elle d'accord avec vous ? » songea Harriet intérieurement. Cependant, elle jugea plus sage de garder ses questions pour elle. Apparemment, Alex n'envisageait pas le mariage avec son cynisme coutumier... Ses propos sonnaient étrangement dans sa bouche, puisqu'il n'était pas amoureux de Maria... Mais c'était un homme responsable, qui demeurait malgré tout attaché aux valeurs traditionnelles. Tôt ou tard, il abandonnerait sa vie de play-boy pour se ranger.

— Vous êtes bien silencieuse, observa-t-il. Mon explication ne vous satisfait pas ?

— Si... Absolument. Je... Je vous souhaite d'être heureux.

Il éclata de rire.

— Vraiment ? J'avais plutôt l'impression inverse ! Vous me jetteriez un mauvais sort, si vous en aviez le pouvoir !

— Peut-être... Mais Nicky a trop besoin de vous, maintenant.

— Son bonheur demeure pour vous la chose la plus importante au monde, Harriet, n'est-ce-pas ?

« Il y a deux choses pour moi », répondit-elle pour elle même, « qui sont les plus importantes au monde : Nicky et vous ».

A voix haute, elle déclara doucement :

— Oui... Je suis contente que votre mère... euh... commence à...

— Inutile de chercher vos mots. Je comprends fort bien. Moi aussi je m'en réjouis. Je me demandais si elle parviendrait à oublier ses mauvais souvenirs pour se réconcilier avec la joie d'avoir un petit-fils.

Harriet se mordit la lèvre.

— Ce n'est plus la peine de tourner autour du pot, Alex. Spiro m'a tout raconté.

Au bout d'une minute lourde de tension, il s'écria avec colère :

— Il n'avait pas le droit !

— Je l'y ai forcé. Je voulais savoir, à cause de Nicky... Je ne crois pas un mot de toute cette histoire, ajouta-t-elle après une hésitation.

— Vous n'êtes pas en mesure de porter un jugement objectif. Vous n'étiez pas là, à l'époque.

— Je connaissais bien Kostas. Il était incapable de

commettre aucune vilenie. Votre promptitude à condamner votre frère me choque beaucoup.

Brusquement, Alex freina pour se garer au bord de la route, sous les arbres.

— Comme vous vous trompez, Harriet ! Cela a été le moment le plus pénible de ma vie. Je suis d'accord avec vous : un tel méfait ne correspondait pas du tout au tempérament de Kostas. Mais il n'était pas lui-même, cette nuit-là. La fureur l'égarait. Il s'était violemment disputé avec notre mère, exigeant cette bague comme son dû. Lorsqu'elle a refusé, il a probablement décidé de se faire justice lui-même... quand j'ai ouvert le coffre-fort, après son départ, tout avait été fouillé. Mais seul le rubis avait disparu, avec ses documents personnels.

Harriet secoua la tête avec obstination.

— Je m'en moque. Cela ne me persuade absolument pas de sa culpabilité. Pourquoi ne l'a-t-il pas offert à Becca, s'il était convaincu de son bon droit ?

— Il ne lui a pas donné ?

— Non ! explosa-t-elle.

— Il a sans doute eu des remords par la suite, ou peur des réactions de votre sœur si elle apprenait ce vol. L'aurait-elle soutenu ?

— Jamais ! Elle était d'une honnêteté scrupuleuse.

— Ma mère a soupçonné Kostas d'avoir agi sur son instigation...

— Spiro me l'a dit. Mais c'est faux. Becca n'était pas le beau parti dont votre mère rêvait pour Kostas, mais on ne peut pas l'accuser d'avoir été une aventurière. L'argent ne l'intéressait pas.

Tout en le foudroyant du regard, elle poursuivit :

— Je comprends maintenant pourquoi vous m'avez proposé de l'argent en échange de Nicky. Vous nous croyiez de la même étoffe, toutes les deux, corruptibles et de basse moralité.

— Mon opinion sur vous et votre sœur a beaucoup évolué, vous ne l'ignorez pas, murmura-t-il doucement.

— De toute manière, votre jugement m'indiffère au plus haut point, mentit-elle d'une voix tremblante. Oh, Alex, pourquoi m'avez-vous amenée ici ?

— Vous le savez parfaitement.

Tout à coup, il tendit les bras pour l'enlacer, avec une force irrésistible. Prisonnière de son étreinte, elle écarquilla de grands yeux affolés lorsqu'il se pencha vers son visage, inexorablement. Tout d'abord, il la toucha à peine, effleurant simplement ses tempes, ses pommettes, de baisers furtifs, délicats. Mais quand enfin il prit ses lèvres, ce fut avec une sorte de frénésie désespérée, comme s'il était à l'agonie, comme si Harriet était le seul élixir capable de lui redonner vie. Spontanément, elle s'offrit à lui, poussée par un instinct aveugle, aussi sauvage et païen que le sien. Les mains posées sur la nuque, elle l'attira plus près et se blottit contre lui, vaincue par la force de son désir, prise au piège de ses propres émotions.

Il commença à la caresser, suscitant au fond de son être des sensations folles, dévorantes, ravivant le feu ardant qui la consumait.

Elle poussa un gémissement plaintif, mais ne protesta pas lorsqu'il dénoua le ruban de son décolleté pour explorer doucement les courbes de son intimité. Au contact de ses mains sur sa peau nue, tout son corps s'embrasa.

Subitement, le monde entier cessa d'exister. Plus rien ne comptait, que la tiédeur des bras qui l'encerclaient et la douce langueur qui l'envahissait.

Bientôt, les lèvres d'Alex glissèrent le long de son cou, pour se poser sur la rondeur de ses seins, portant à son comble l'ardeur passionnée de la jeune fille. Oubliant toute réserve, toute inhibition, elle se prêta à ces caresses, sans la moindre honte, comme si elle aspirait depuis toute éternité à se donner à lui. Elle l'aimait, le désirait. Tout à coup, l'envie de lui avouer ce terrible secret la submergea.

Elle ouvrit la bouche pour prononcer son nom, mais un cri de terreur s'échappa de sa gorge, car, juste à ce moment-là, un éclair fulgurant déchira le ciel, et un terrible coup de tonnerre explosa aussitôt après, tandis que de grosses gouttes s'écrasaient sur le pare-brise.

Alex s'écarta à contrecœur pour refermer sa vitre. Se pelotonnant peureusement sur son siège, Harriet remercia silencieusement le ciel de cet orage providentiel, qui l'avait empêchée de commettre une folle imprudence. Honteusement, elle remit de l'ordre dans sa tenue, tout en s'efforçant de rassembler ses esprits.

Comment avait-elle pu oublier toute pudeur au point de permettre à Alex des assauts aussi passionnés, alors même qu'il venait d'évoquer son prochain mariage ? La décence aurait dû lui commander de la combattre, de le repousser... Prise de vertige, elle lui demanda, avec une immense lassitude :

— Voulez-vous me reconduire à la villa, maintenant ?

— Attendons une accalmie ; nous irons dîner, avant de rentrer.

— Je déteste l'orage. Nicky aussi ; il est sûrement mort de frayeur. Je veux aller lui tenir compagnie, le réconforter. D'ailleurs, je n'ai pas faim. Je serais incapable de rien avaler.

— Moi non plus... Cessez de trembler ainsi, Harriet, ajouta-t-il sur un ton méprisant. Je ne suis pas dupe de vos fausses excuses. Mais vous avez tort de vous inquiéter. Je n'aurais pas attenté à votre vertu dans un endroit aussi peu confortable !

Le moteur redémarra dans un vrombissement, et ils repartirent en sens inverse, en roulant à vive allure. En arrivant, Alex demanda impatiemment :

— Voulez-vous m'attendre dans la voiture pendant que je vais chercher un parapluie ?

— Non, bredouilla-t-elle. Ce n'est pas la peine.

La tête baissée, elle grimpa en courant les marches du perron, et se précipita aussitôt dans la chambre de Nicky. Sa porte était entrebâillée. Yannina était peut-être venue le réconforter...

Pourtant, il n'y avait personne dans la pièce, et le lit était vide !

Harriet s'immobilisa, perplexe. Puis elle se dirigea vers le micro, qui était débranché. De plus en plus étonnée, elle le remit en marche pour appeler Yannina.

— Nicky est-il avec vous ?

— Non, répondit-elle, étonnée. J'arrive...

La jeune fille s'effondra sur une chaise, en essayant de ne pas céder à la panique. Au bout de secondes interminables, Yannina apparut, complètement affolée. Elle n'avait pas vu Nicky...

— Ne vous inquiétez pas, Yannina, déclara prudemment Harriet. Il a probablement eu peur de l'orage. Il sera descendu au rez-de-chaussée.

— Mais il est trop petit pour atteindre la poignée de la porte, *thespinis* ! Et je l'ai moi-même soigneusement refermée, je m'en souviens parfaitement.

Tous ces détails troublants commencèrent à éveiller les soupçons de la jeune fille. Cependant, elle s'appliqua à demeurer calme.

— Quelqu'un est entré, sa grand-mère peut-être... Comme il était terrifié, elle l'a emmené pour le consoler... Je vais m'en assurer.

En sortant, elle bouscula Alex, qui la prit fermement par les épaules, en la scrutant attentivement.

— Que se passe-t-il ? Vous êtes malade ?

— Non... Où est Nicky ? L'avez-vous vu au rez-de-chaussée ?

La pression de ses doigts se raffermit aussitôt.

— Que signifient ces questions ? Qu'est-il arrivé ?

— Il n'est pas dans sa chambre. Sa porte était ouverte, et quelqu'un avait débranché l'alarme.

Alex blêmit : il dut s'appuyer contre le mur pour ne pas chanceler.

— Je m'occupe des recherches, déclara-t-il enfin. Fouillez sa chambre, la salle de bains. Il se cache peut-être. La fenêtre était-elle fermée ?

— Oui. Les volets sont attachés.

Il poussa un soupir de soulagement et s'éloigna promptement. Naturellement, Nicky était introuvable à l'étage. Peut-être était-il sorti en entandant des voix, sauf s'il avait eu trop peur. Mais de quoi ? De l'orage ? Ou d'autre chose ?

La villa résonnait maintenant de bruits confus. Subitement, d'horribles pensées assaillirent Harriet. Machinalement, elle essuya ses paumes moites sur sa jupe, et se précipita vers l'escalier.

— Eh bien ? s'enquit Alex depuis le vestibule.

— Aucune trace de lui. Je continue les recherches dehors.

— Il ne sera pas sorti par cette pluie, surtout si le tonnerre l'effraie.

— On l'a sûrement emmené avant le début de l'orage.

— Que voulez-vous dire ? Expliquez-vous, la pressa-t-il, menaçant. Qui dans cette maison oserait commettre une chose pareille ? Pourquoi ?

— Probablement parce qu'il est le fils de son père, répliqua Harriet calmement. On s'est bien débarrassé de Kostas ! Mais l'idée ne vous en a jamais effleuré, n'est-ce pas ?

Eperdue, elle passa devant lui pour s'engouffrer au dehors, dans la nuit, sous la pluie diluvienne.

10

Elle fut trempée jusqu'aux os en l'espace de quelques minutes. Sa robe dégoulinante lui collait à la peau, tandis qu'elle arpentait les chemins glissants de boue, criant le nom de Nicky, s'arrêtant tous les dix mètres pour guetter les bruits dans l'obscurité.

Quand elle atteignit la piscine, Alex avait déjà allumé toutes les lumières. Elle scruta attentivement les profondeurs de l'eau. En vain.

Elle poursuivit sa course folle, de plus en plus effrayée. Le portail du sentier escarpé était ouvert. Ouvert ! Elle entama la descente périlleuse, menaçant à chaque pas de dégringoler la pente abrupte. Elle regretta de ne pas avoir emporté une lampe de poche, mais il était trop tard pour retourner. Enlevant ses hauts talons, elle avança prudemment, en s'accrochant aux branches des arbustes pour ne pas tomber.

Elle faillit trébucher sur lui, roulé en boule au bord du chemin, recroquevillé sur lui-même. S'agenouillant, elle commença à le palper frénétiquement. Un véritable torrent dévalait sur lui. Il s'était peut-être noyé... Dieu merci, il respirait. Harriet poussa un immense soupir de soulagement lorsqu'il se mit à geindre. Il était glacé, trempé, à moitié inconscient. Une énorme bosse déformait son front.

Quelqu'un approcha. Incapable de contenir sa panique, elle hurla le nom d'Alex.

— Ne vous inquiétez plus, Harriet. Je suis là.

Quand il l'aida à se redresser, elle éclata en sanglots, en se serrant contre lui, désespérée. Andonis et Yannina les rejoignirent, les traits altérés par l'angoisse.

— Il faut le porter jusqu'à la maison, déclara Alex en posant une main rassurante sur ses cheveux mouillés. Pouvez-vous marcher, ou avez-vous besoin de mon aide ?

Elle se dégagea, honteuse de s'être jetée dans ses bras avec une telle impudeur.

— J'y arriverai, murmura-t-elle en détournant les yeux.

Mme Marcos les attendait dans le vestibule, échevelée, méconnaissable. Morte de détresse et d'anxiété, elle tirait nerveusement sur son mouchoir de dentelle, déjà à moitié déchiré. Alex passa un bras autour de ses épaules et lui murmura quelques paroles d'apaisement.

Cette scène ressemblait à un véritable cauchemar. Au loin retentissaient les derniers roulements de tonnerre. La tempête se calmait enfin. Tout près, des cris et des gémissements parvenaient à leurs oreilles, couvrant le crépitement de la pluie.

Harriet savait très bien qui pleurait là, à côté. Tout le monde était rasemblé ici. Même Maria était descendue. Mais il manquait Zoé Constantis, dont elle avait sous-estimé la terrible ambition, en dépit de sa méfiance et de ses craintes...

— Le docteur arrive, annonça Alex.

— Très bien, répliqua Harriet d'une voix faible, étouffée.

Et subitement, tout tourbillonna dans sa tête et elle s'évanouit.

Le médecin la rassura. Le choc et la tension nerveuse avaient provoqué cet étourdissement, mais une bonne nuit de soleil la remettrait d'aplomb.

Heureusement, Nicky n'avait rien de grave. Il souffrait de quelques contusions, et d'une légère commotion. Cependant, son état n'était absolument pas alarmant. En le surveillant soigneusement, on préviendrait les risques de pneumonie. Le praticien s'exprimait avec une certaine gêne, sans doute à cause de la troisième malade, à qui il avait dû administrer un sédatif, car les cris et les lamentations avaient cessé.

— Cet enfant est très résistant, *thespinis*, conclut-il en se levant. Il ne craint plus rien. Néanmois, vous pouvez remercier le ciel d'avoir découvert à temps sa disparition. Saint Spiridion, le patron de l'île, l'a déjà pris sous sa protection...

Il lui conseilla vivement de rester couchée, et de laisser aux autres le soin de veiller sur Nicky. Harriet acquiesça sans protester. De toute manière, elle n'aurait pas eu la force de se relever.

D'horribles cauchemards hantèrent son sommeil, cette nuit-là. Portant Nicky dans ses bras, elle courait le long de tunnels sombres, interminables, poursuivie par une furie haineuse. Elle appelait au secours, hystérique, en criant le nom d'Alex, inlassablement, mais il n'était pas là pour la sauver... Finalement, comme par miracle, elle sentit son étreinte rassurante se refermer autour de ses épaules pour l'emporter dans la lumière, bien au chaud, en sécurité.

Ouvrant des yeux étonnés, elle se retrouva blottie contre lui, le visage enfoui au creux de son cou.

Aussitôt, elle se libéra en poussant une exclamation étouffée.

— Que faites-vous ici ?

— Je suis venu voir si tout allait bien. Vous faisiez un mauvais rêve. J'ai essayé de vous réconforter. Je suis désolé de vous avoir réveillée.

Déconcertée par la présence de cet homme assis au bord de son lit, elle l'observa en tremblant.

— Je... Je ne pourrai pas me rendormir si vous restez là... bredouilla-t-elle.

— Non ? Pourtant, cela vous est déjà arrivé une fois, à Londres, remarqua-t-il avec un étrange sourire.

Après une interruption, comme pour bien la pénétrer du sens de ses paroles, il reprit :

— Déjà, vous m'appeliez dans votre sommeil...

Le souvenir de cet épisode envahit subitement la mémoire d'Harriet. Comme elle s'était sentie seule, abandonnée, au matin...

— Vous... Vous avez dormi avec moi ? demanda-t-elle d'une voix étranglée.

— Je n'ai pas fermé l'œil de la nuit ! Je me suis battu avec ma conscience, jusqu'à l'aube. Depuis, je me suis souvent maudit de ne pas avoir surmonté mes scrupules.

— Oh non ! s'écria-t-elle en pressant son visage brûlant contre ses mains.

— Petite hypocrite ! la taquina-t-il sur un ton amusé. Vous vous rendez parfaitement compte de mon désir pour vous. Ne faites pas semblant de l'ignorer. D'ailleurs, vous le partagez, ne le niez pas.

En effet, il était inutile de protester... N'en avait-il pas acquis la preuve irréfutable, dans la voiture, à peine quelques heures plus tôt ? Cela semblait si loin, maintenant... Mais il éprouvait seulement de l'attirance physique. Cela n'avait rien à voir avec l'amour, malheureusement...

Comme elle gardait piteusement le silence, il reprit :

— Ne prenez pas cet air chagriné, Harriet.

— Pardonnez-moi... Mais... Il s'est passé tant de choses affreuses...

— Certes, d'ailleurs, je vous dois des explications.

Il parla d'une voix lasse, vaincue ;

— Depuis longtemps, ma tante avait désigné Spiro comme mon héritier. Après Kostas, il était mon plus proche parent. Vous aviez sans doute deviné ?

Elle hocha la tête.

— Elle a envenimé la brouille entre Kostas et ma

mère. Au retour de mon frère, elle a saisi l'occasion pour le déconsidérer définitivement à nos yeux. Dans sa fureur, Kostas avait oublié de refermer le coffre-fort convenablement. Elle en a profité pour voler la bague, qu'elle garde depuis lors soigneusement cachée au fond de sa boîte à ouvrage... Ma pauvre mère est brisée par le désespoir. Elle n'arrive pas à croire à une telle infâmie de la part de sa propre sœur... Naturellement, chaque fois qu'elle annonçait son intention de pardonner Kostas, Zoé était là, pour lui rappeler méchamment ses prétendues méfaits...

Il marqua un silence, avant de continuer :

— Avant l'arrivée de Nicos, elle a tout essayé pour détourner ma mère de lui, invoquant les mœurs légères des Européennes, afin de ternir la moralité de votre sœur.

— Je pressentais tout cela, mais sans aucune preuve, bien sûr. Elle me détestait, c'était évident. Pourtant, elle paraissait approuver mes sorties avec Spiro... tout en le poussant dans les bras de Maria... J'avoue ne rien avoir compris...

— Elle espérait que son fils vous séduirait. Cela lui aurait fourni une bonne excuse pour vous renvoyer en Angleterre, car vous protégiez Nicos de trop près. Elle me l'a avoué elle-même. Elle était convaincue que je ne me marierais jamais. Il lui fallait donc se débarasser de Nicos. Ainsi, son fils, ou du moins son petit-fils, hériterait un jour de la firme Marcos. Mais je me suis chargé de lui ôter ses illusions, conclut-il brièvement.

Ce ton résolu lacéra le cœur d'Harriet. Au prix d'un effort surhumain, elle réussit à articuler, en réprimant un frémissement :

— Pourquoi a-t-elle choisi ce soir... ?

— C'est une femme déséquilibrée. Le départ précipité de Spiro l'a ébranlée. Elle a dû penser que j'avais écarté son fils à cause de vous. Comme elle nous savait sortis, elle a profité de notre absence pour mettre son abominable plan à exécution. Seulement... nous sommes revenus.

— Oui. Qu'allez-vous faire ?

— Elle ne peut pas rester là. Néanmoins, il est hors de question de provoquer un scandale en dénonçant à la justice ses intentions criminelles. Ele retournera simplement dans sa maison du Péloponnèse. Il faudra mettre Spiro au courant, naturellement. Cette perspective ne me sourit guère...

— Pauvre Spiro ! s'écria-t-elle, les larmes aux yeux.

— En tout cas, il a bien de la chance, d'éveiller votre compassion affectueuse. Je l'envie !

Il la serra contre lui, pour presser ses lèvres sur les siennes. Surprise par la soudaineté de son assaut, Harriet succomba pourtant sans la moindre résistance. Une étrange fascination la clouait sur place, comme si un magnétisme puissant la poussait vers Alex, implacablement. D'un seul coup, son baiser anéantit tous ses doutes, détruisit toutes ses défenses.

Tout en la couchant sous lui, il lui ôta délicatement sa chemise de nuit.

— Vous n'en avez pas besoin ce soir, ma chérie. Je vous réchaufferai de mes caresses.

Elle n'éprouva ni gêne, ni timidité. Il l'ensorcelait. Un instant, elle ferma les paupières, effrayée par l'intensité du désir qui brillait dans ses yeux.

— Vous avez peur de moi, petite fille ? Il ne faut pas. Je ne vous ferai aucun mal. Soyez sans crainte, je ne forcerai pas votre volonté. Si vous ne désirez rien de plus, je me contenterai de vous serrer ainsi dans mes bras, jusqu'à ce que vous vous endormiez. Que préférez-vous, belle Harriet, l'amour ou le sommeil ?

Elle fut incapable d'articuler un mot. Cela signifiait trop de choses, pour elle, alors qu'il s'agissait pour lui d'un acte purement physique. Silencieusement, elle attira son visage vers le sien, pour se perdre dans l'ivresse de ses baisers et de ses caresses.

Avec un gémissement de plaisir, il l'initia doucement aux délices de l'amour, en prenant bien soin de contenir les élans impétueux de sa passion. Le temps fut subitement suspendu. Dans un moment d'éternité, elle lui offrit son innocence, sans réserve ni retenue. Elle l'aimait tant ! Comment aurait-elle trouvé la force de se refuser ?

Elle connut dans ses bras le paroxysme de l'extase, dans un ravissement inouï. Dans un cri, elle rejeta sa tête sur l'oreiller, éblouie par ses sensations.

Alex l'embrassa doucement, lui murmurant des mots tendres à l'oreille tandis qu'elle tremblait de joie. Les paroles manquaient à Harriet, mais heureusement, le langage de son corps suffisait.

« Je rêve », se répétait-elle, abasourdie. « Dans une minute, on m'apportera mon petit déjeuner, je me réveillerai... ».

— Vous soupirez, Harriet. Je vous ai rendue triste ?

Elle secoua la tête.

— Je ne me savais pas capable d'éprouver un tel bonheur...

— Moi non plus, avoua-t-il pensivement.

Beaucoup plus tard, en ouvrant les yeux, elle découvrit Alex, en peignoir, debout près de la fenêtre.

— *Kalimera,* murmura-t-il. Comme vous êtes belle !

Rougissant de plaisir, elle lui tendit la main.

— Ne me tentez pas, protesta-t-il dans un grognement. Il fait presque jour. Je ne veux pas être trouvé dans votre chambre par les domestiques.

— Cela m'est égal.

— Pas moi, répliqua-t-il sévèrement. Vous le savez comme moi, Harriet, cet incident n'aurait jamais dû se produire.

Tout à coup, elle se glaça d'effroi et ramena frileusement les couvertures.

— Vous les regrettez ? demanda-t-elle d'une voix rauque.

— Non. C'était si… parfait… Pourtant, je n'avais pas l'intention…

S'interrompant brusquement, il passa la main dans ses cheveux, dans un geste d'impatience et d'irritation.

— Je dois vous quitter, maintenant, Harriet. Mais il nous faudra reparler de tout ceci.

Quand il s'approcha pour effleurer sa bouche d'un baiser, elle s'aggrippa à son cou, pour tâcher de retrouver, l'espace d'une minute fugitive, leur passion de la nuit. Mais Alex se dégagea fermement.

— Non.

Sans rien ajouter, il quitta la pièce.

Tremblante de froid, Harriet se recroquevilla dans son lit. Comme la réalité lui faisait peur, à présent ! Elle venait de vivre l'expérience la plus précieuse de sa vie, mais cela représentait si peu, pour Alex… Un simple nom sur la liste de ses conquêtes…

— Oh non ! s'écria-t-elle en enfouissant son visage dans l'oreiller. S'il l'avait traitée avec autant de douceur, c'était uniquement dans le but d'arriver plus sûrement à ses fins…

Et elle s'était laissé berner, stupidement, naïvement. Dans son esprit, se donner à Alex marquait un commencement, alors qu'en fait, le contraire se produisait. En se livrant ainsi, totalement, elle avait perdu l'honneur, le respect de soi. Jamais elle n'aurait dû céder…

A présent, ses désirs assouvis, il se désintéresserait d'elle, car il ne l'aimait pas. Une douleur poignante étreignit Harriet. Secouée par les sanglots, elle finit par se rendormir, épuisée.

Lorsque, à nouveau, elle ouvrit les yeux, le soleil inondait sa chambre. Androula était là, avec le petit déjeuner. Impassible, elle ramassa la chemise de nuit froissée qui gisait à terre et la reposa sur le lit.

Harriet se doucha et s'habilla en hâte. Puis, après avoir avalé une gorgée de café, elle sortit pour se diriger

134

vers la nursery. Mais Androula l'attendait dans le couloir.

— *Kyria* Marcos souhaite vous voir, *thespinis.* Elle vous attend dans la bibliothèque.

Harriet s'immobilisa, étonnée.

— Je m'inquiète pour Nicky...

— Le docteur est avec lui, *thespinis. Kyria* Marcos tient absoluemnt à vous parler, tout de suite.

De toute manière, il lui faudrait tôt ou tard affronter ce pénible entretien au sujet de l'accident de Nicky... Elle devrait peser ses mots avec soin, puisque la propre sœur de la maîtresse des lieux était impliquée dans cette affreuse histoire...

Androula l'escorta au rez-de-chaussée, et l'introduisit dans une pièce aux volets tirés, plongée dans une demi-obscurité. Assise derrière un bureau, Mme Marcos paraissait calme, en dépit de son visage ravagé.

— Je dois vous remercier, Miss Masters. Sans vous, le péril de mon petit-fils n'aurait pas été découvert aussi promptement.

Aucune lueur de gratitude ne brillait au fond des yeux noirs, sévères...

— Il est inutile de me témoigner de la reconnaissance, madame Marcos. J'ai agi très naturellement. J'aime Nicky.

— Je n'en doute pas.

Mme Marcos s'agita nerveusement sur sa chaise, avant de poursuivre :

— Il n'a jamais été question de vous abriter sous notre toit de façon permanente, n'est-ce-pas ?

Harriet se raidit anxieusement.

— Non, naturellement. Vous... Vous me demandez de partir ?

— Oui, le moment me semble opportun. Maintenant que vous êtes la maîtresse de mon fils, je vous juge indigne de vous occuper de Nicos.

Comme Harriet s'empourprait, elle s'écria :

— Vous croyiez peut-être me duper ? N'essayez pas de nier. J'ai moi-même vu Alex regagner sa chambre ce matin. Je lui ai parlé avant son départ. Il a admis avoir passé la nuit avec vous.

— Il est parti ? bégaya Harriet, interloquée.

— Il accompagne sa tante dans le Péloponnèse. Vous êtes très pâle, Miss Masters, asseyez-vous. Visiblement, vous vous êtes illusionnée sur les intentions d'Alex. Peut-être même espériez-vous suivre l'exemple de votre sœur et contracter un mariage pour entrer dans notre famille ? Si c'est le cas, vous avez commis une grave erreur de jugement. Alex épousera Maria Xandreou pour la nouvelle année.

Elle s'interrompit un instant, pour considérer pensivement la jeune fille.

— Il s'est mal conduit envers vous, *thespinis,* mais... c'est un homme, après tout, ajouta-t-elle avec un haussement d'épaules. Vous êtes jolie, et il n'a jamais refusé de goûter aux plaisirs de la vie. Votre présence constitue maintenant une gêne, surtout pour Maria. Le mieux est de patir, le plus rapidement possible.

Elle marqua une hésitation, mais continua néanmoins, d'une voix neutre :

— Si votre... liaison avec mon fils avait duré, il se serait sans nul doute montré généreux avec vous. Je vous offre donc ceci, de sa part.

Elle posa sur la table un écrin allongé. « L'insulte suprême ! » songea Harriet, hébétée. Elle chercha ses mots, mais aucun son ne sortit de sa gorge contractée.

Elle écouta la suite dans une sorte de brouillard. On lui avait réservé une place pour Athènes, et pris son billet d'avion à destinaton de Londres. Une bonne l'aiderait à faire ses bagages.

— Pourrai-je dire au revoir à Nicky ? bredouilla-t-elle enfin.

— Naturellement, répondit Mme Marcos, les lèvres pincées. Nous ne sommes pas inhumains, Miss Mas-

136

ters. Et vous n'êtes pas sotte. Cette situation embarrassante ne pouvait pas se prolonger.

— Très bien.

— Je ne doutais pas de votre bon sens. Vous oubliez votre bracelet, ajouta-t-elle, comme Harriet se dirigeait vers la porte.

La jeune fille redressa fièrement le menton.

— Je ne partage pas le goût immodéré de votre famille pour les bijoux. Gardez-le pour la prochaine maîtresse de votre fils ! Il n'attendra certainement pas le Nouvel An avec une chasteté monastique !

Inclinant la tête d'un air méprisant, elle sortit avec dignité.

Dans le vestibule, elle s'arrêta un instant pour recouvrer son sang-froid. Tout était fini… Une terrible envie de pleurer la saisit. Pourtant, son amour propre lui commandait de garder la tête haute.

Dieu merci, elle n'avait pas confessé son amour à Alex. Cette pensée la réconfortait. Il lui restait au moins son orgueil. Mais un horrible sentiment de vide lui serrait le cœur. Lentement, elle se mit à gravir les marches de l'escalier, pour se rendre à la nursery.

11

Désespérée, Harriet retourna chez Manda. Le travail temporaire qu'elle avait trouvé à son retour à Londres se terminait ce jour-là, et l'agence n'avait aucun autre emploi à lui proposer pour l'instant. Heureusement, avec l'argent de son premier salaire, elle pourrait verser une contribution à Manda et Bill. Ils avaient été si gentils avec elle, depuis le jour où elle avait frappé à leur porte, désemparée.

De toute manière, elle était bien déterminée à ne pas abuser de leur hospitalité. Il lui faudrait surmonter son désarroi et se réinstaller dans un appartement, seule... Durant son absence prolongée, elle avait naturellement perdu son poste de secrétaire, mais la société avait pris ses coordonnées, lui promettant de la contacter pour le cas où une possibilité se présenterait. Pour l'instant, elle n'avait aucune nouvelle...

— Alors, s'enquit Manda avec un sourire, en lui servant une tasse de café.

Les enfants qu'elle gardait étaient repartis chez eux. La mine sombre, Harriet s'assit sur une chaise.

— Rien... Je serai au chômage la semaine prochaine, j'en ai peur... En attendant...

Elle fouilla dans son sac et tendit à son amie l'enveloppe contenant son salaire.

— Garde-le, insista gentiment Manda. De toute manière, tu ne manges presque rien.

Harriet rougit légèrement. Elle en avait raconté juste assez pour expliquer son départ de Corfou, mais n'avait donné aucun détail concernant sa mésaventure avec Alex. L'absence de Nicky suffirait peut-être à justifier son manque d'appétit et sa tristesse… Mais plusieurs fois, elle avait intercepté le regard perspicace de Manda. Tout en s'abstenant de poser des questions indiscrètes, la jeune femme n'était pas dupe.

— Pourquoi ne pas contacter la firme Marcos ? suggéra Manda. Après tout, cet Alex Marcos avait promis de te retrouver un travail, n'est-ce-pas ?

— Plutôt mourir ! protesta Harriet, cramoisie.

— Je m'en doutais, murmura Manda avec un sourire.

— De quoi donc ? soupira Harriet.

Après tout, cela la soulagerait sans doute de se confier à quelqu'un… Manda haussa les épaules.

— Tu ne manges plus, tu ne dors plus. La plupart du temps, tu as l'air absente. Tu ressembles à un fantôme. Nicky est un charmant enfant, mais il n'est certainement pas à lui tout seul, la cause d'une si profonde affliction.

— Tu as raison. Pourtant, il me manque terriblement. Je me tourmente beaucoup à son sujet. Il était à moitié endormi, quand je l'ai vu pour la dernière fois. Il a commencé à me parler de la « sorcière »… Après une pareille mésaventure, il fera peut-être des cauchemars pendant des années. Et si des troubles nerveux survenaient ?…

— J'en doute, la rassura Manda en lui tapotant affectueusement le bras. Les enfants ont beaucoup de ressort. Nicky oubliera vite cette histoire, comme un mauvais rêve. Malgré tout, psychologiquement, ce n'était certainement pas le meilleur moment pour te séparer de lui…

— Oh, je ne sais pas… J'y ai énormément réfléchi depuis. Mme Marcos m'a sûrement rendue un peu responsable du comportement de sa sœur. Ma présence l'aura poussé à bout…

140

— En d'autres termes, elle aurait préféré ignorer la vérité pour continuer à vivre avec cette malade mentale ? Non, je ne crois pas à cette explication.

Après un silence, Harriet avoua d'une voix tremblante :

— Tu as raison. Il y a une autre cause. Mme Marcos voulait se débarrasser de moi à cause de son fils.

— Que veux-tu dire ?

— Je suis devenue la maîtresse d'Alex. Elle m'a chassée dès le lendemain.

— Exactement ce que je craignais, maugréa Manda avec un soupir.

— Quelle sottise, n'est-ce-pas ?

— Je n'ai pas à porter de jugement sur ta conduite. De toute manière, tu te tourmentes déjà assez comme cela. Tu en as complètement perdu le sommeil. J'ai vu de la lumière sous ta porte, en pleine nuit... Tu n'es pas enceinte, au moins ?

— Non. Je n'ai même pas eu cette chance.

— Ne dis pas de choses pareilles ! lui reprocha Manda. Elever un enfant seule n'est pas une partie de plaisir, tu devrais le savoir. Même si on peut compter sur l'aide financière du père.

Harriet courba piteusement la tête.

— Je l'ai pourtant follement espéré. Tu mesures l'étendue de mon désarroi...

— Seigneur !... Est-il au courant de tes sentiments ?

Manda se crispa quand Harriet secoua tristement la tête.

— C'est un véritable mufle, totalement insensible !

— Non, protesta Harriet, sur la défensive. J'ai fait très attention de ne rien lui laisser deviner.

Devant la mine sceptique de son amie, elle ajouta :

— De toute manière, notre aventure a été de courte durée. Une nuit... Ce n'est guère suffisant pour se jurer des serments d'amour éternels...

— En tout cas, tu ne vas pas gâcher ta vie pour si peu.

Manda était de sage conseil... Pendant ses dernières heures à Corfou, Harriet avait espéré un impossible miracle. Alex reviendrait, pour l'empêcher de partir... Mais naturellement, ses rêves insensés avaient été déçus. A l'aéroport d'Athènes, elle l'avait guetté inconsciemment, parmi la foule des voyageurs. Dans l'avion du retour, il lui avait bien fallu se rendre à l'évidence : il l'avait abandonnée. Il avait voulu son départ. Sa mère avait simplement exécuté ses souhaits. A présent, sa seule chance de salut était de l'oublier, de le chasser à tout jamais de son esprit. Il lui faudrait donc aussi rompre tous les liens avec Nicky, nécessairement...

« L'amour fait passer le temps ; le temps fait passer l'amour ». Ce proverbe trottait dans sa tête, lancinant. Un jour, peut-être, elle serait capable de renouer contact, en toute sérénité. Alex serait marié, bien sûr. Elle aussi, qui sait ? Pourtant, cela semblait fort improbable...

Elle consacra son week-end à étudier les petites annonces des journaux et à écrire des lettres de candidaturem Le lundi, il pleuvait. La journée s'annonçait lugubre. Elle se rendit dans plusieurs agences de travail intérimaires, et finit par accepter un emploi de huit jours, pour la semaine suivante. De sombres pensées l'agitaient lorsqu'elle rentra chez Manda, tard dans l'après-midi.

Un enfant sur les bras, deux autres pendus à ses jupes, son amie l'accueillit sur le seuil, impatiemment.

— Te voilà enfin ! s'exclama-t-elle. Tu as eu un coup de téléphone de M. Philippides.

— Comment a-t-il eu ton numéro ?

— Je ne sais pas. Mais il veut te voir à son bureau, dès que possible. Au sujet de Nicky.

Aussitôt, Harriet pâlit.

— C'est urgent, mais il a refusé de me donner des détails, ajouta Manda sur un ton compatissant.

— Oh... Pourvu qu'il ne lui soit rien arrivé !

— Vas-y tout de suite, lui conseilla Manda. Je l'appelle pour lui annoncer ton arrivée. Pour le cas où il se serait vraiment produit quelque chose de grave, tu auras peut-être besoin de repartir là-bas. As-tu ton passeport ?

— Oui, dans mon sac.

— Donne-moi vite des nouvelles...

— Je te le promets, répliqua Harriet, décomposée.

Afin de ne pas perdre de temps, elle sauta dans un taxi. Une terrible angoisse l'étreignait. En arrivant devant l'immeuble de la Firme Marcos, elle paya en hâte et se précipita à l'intérieur.

Devant le bureau de M. Philippides, elle s'arrêta un instant pour tâcher de maîtriser son affolement. Puis, rassemblant tout son courage, elle entra.

M. Philippides se leva avec un sourire avenant.

— Nicky... Que lui est-il arrivé ? bégaya-t-elle, incapable de contenir plus longtemps la question qui la torturait.

— Assez-vous, Miss Masters. Excusez-moi un instant, je vous prie. Je vais demander à ma secrétaire de nous apporter un café.

— Non. Expliquez-moi d'abord...

Lui adressant un regard compatissant, il s'éclipsa néanmoins dans la pièce attenante. Avec un gémissement, Harriet enfouit son visage dans ses mains. Lorsqu'elle redressa la tête, Alex se tenait devant elle, une expression sévère figée sur ses traits tirés.

Elle réprima une exclamation de stupeur, puis chuchota d'une voix implorante :

— Nicky ?

— Vous lui manquez, mais il se porte comme un charme, répondit-il durement.

— Alors... Pourquoi ce message ?

Il grimaça un sourire sardonique.

— Vous ne seriez pas venue, je suppose, si j'avais seulement exprimé le désir de vous parler ?

— Vous vous êtes servi de Nicky ! Comment avez-vous osé ? s'indigna-t-elle.

Il eut un geste d'impatience.

— Il est à l'hôtel. Vous pourrez le voir, naturellement, mais à une condition.

— Laquelle ? articula-t-elle faiblement, la gorge nouée par l'anxiété.

— Rassurez-vous. Je veux seulement discuter avec vous. Nous n'en avons pas eu le temps à Corfou. Vous avez quitté l'île si précipitamment...

Elle détourna le regard.

— Nous n'avons rien à nous dire.

— Je ne suis pas d'accord. Montrez-moi vos mains, Harriet.

Elle marqua une hésitation.

— Pourquoi ? Je ne comprends pas...

— Obéissez.

Elle obtempéra silencieusement, en réprimant un tressaillement douloureux à son contact.

— Vous n'êtes pas encore mariée, ni fiancée, observa-t-il en examinant ses doigts.

— Non, bien sûr que non...

— Pourquoi ? Votre petit ami a chagé d'avis ? Une dot le ramènera peut-être à de meilleurs sentiments...

A ces mots, il tira de sa poche un écrin à bijoux, qu'Harriet reconnut aussitôt. Avec un mouvement d'irritation, Alex souleva le couvercle et lui lança froidement sur les genoux le bracelet étincelant de mille feux de ses saphirs sertis de diamants.

— Cela dédommagera votre fiancé pour la perte de votre virginité.

Avec un frisson, Harriet jeta le bijou sur la moquette.

— Je n'en veux pas.

— Ah ! Vous espériez mieux ? s'enquit-il sur un ton moqueur. Une bague de fiançailles, peut-être ?

— Manda avait raison, déclara-t-elle d'une voix mal assurée. Vous êtes un mufle dénué de toute sensibilité !

— Je vous conseille de ne pas m'insulter...

— Si vous m'avez convoquée dans le seul but de m'humilier, je repars immédiatement, le coupa-t-elle en se levant.

— Consultez votre futur mari, avant de refuser mon cadeau !

— Cet homme n'existe pas.

— Vous en avez pourtant parlé à Spiro, après m'avoir prétendu le contraire ! Quand vous vous êtes enfuie, n'était-ce pas pour le retrouver ?

— Effectivement, j'ai menti à Spiro, admit-elle. Mais seulement pour l'empêcher de nourrir des illusions.

— Vous aviez peur d'être importunée par ses assiduités ? Il vous aurait pourtant laissée tranquille...

— Comment en êtes-vous si sûr ?

— Il connaissait mes vues sur vous.

— D'ailleurs, vous êtes parvenu à vos fins !

Comme il s'approchait, elle s'écria :

— Non, ne me touchez pas !

Il poussa un soupir impatient.

— Pourquoi réagissez-vous ainsi, Harriet ? Ne recommencez pas à jouer cette comédie ridicule.

Le cœur battant, elle se dirigea vers la porte, en annonçant fermement :

— Laissez-moi partir, s'il vous plaît. Dites-moi seulement où je peux rejoindre Nicky.

D'un bond, il la rattrapa et la saisit brusquement par les épaules.

— Lâchez-moi !

— Je vous emmène voir Nicky. Ne vous débattez pas, ou je vous porte dans mes bras jusqu'à la voiture !

De toute manière, il était impossible de lutter contre Alex.

— Votre comportement est scandaleux ! s'indigna-t-elle lorsque la portière se referma.

— Vous croyez ? Attendez d'avoir découvert mes projets pour le reste de la soirée !

De plus, il osait se moquer d'elle ouvertement ! Vexée, elle s'enferma dans le mutisme.

A l'hôtel, elle ne fut pas vraiment surprise de trouver vide la suite d'Alex.

— Vous m'avez menti, lui reprocha-t-elle amèrement.

— Non. Nicky loge avec ma mère, dans l'appartement voisin. Nous les rejoindrons pour dîner.

— Certainement pas ! Etes-vous devenu fou ?

Il esquissa un sourire.

— Sans doute songez-vous à votre dernière entrevue avec ma mère ? Ne vous inquiétez pas. Elle se faisait beaucoup d'idées fausses, à l'époque. A présent, tous les malentendus sont dissipés.

— Je ne saisis pas...

— Asseyez-vous, commanda-t-il en lui indiquant le sofa. Voyez-vous, ma mère s'est toujours sentie redevable envers sa filleule Maria, après l'esclandre de Kostas. Mais j'ai quand même réussi à la convaincre qu'il n'existait nul homme sur terre capable de supporter cette coquette capricieuse.

Harriet serra nerveusement les poings, en écoutant la suite :

— Le deuxième quiproquo vous concerne. Comme vous vous en souvenez, je ne voulais pas être découvert dans votre chambre par un domestique, cette fameuse nuit. Mais ma mère avait veillé Nicky, et m'a rencontré dans le couloir, en allant se reposer un peu. Elle était très en colère, car je m'abstiens généralement d'emmener mes maîtresses à la villa. De plus, l'accident causé par Zoé l'avait bouleversée. J'ai donc préféré retarder le moment des explications, lui laissant tout de même entendre que vous n'étiez pas une simple passade.

« Cela l'a beaucoup inquiétée, je crois. Votre sœur lui avait déjà enlevé Kostas. Elle a eu peur de me perdre aussi, et a donc décidé de vous renvoyer en Angleterre, en utilisant comme cadeau d'adieux le bracelet que j'avais acheté pour vous à Athènes. Quand j'ai découvert votre départ, elle m'a avoué son intervention. Je n'arrivais pas a y croire. Je m'étais tellement persuadé de votre amour, Harriet... Votre résignation me semblait tout à fait impossible. Pourquoi n'avez-vous pas essayé de me contacter, pour me demander des explications ? Vous n'aviez même pas laissé d'adresse.. Si Philippides n'avait pas eu l'idée de téléphoner à votre ancien travail, j'aurais mis des semaines, avant de vous retrouver.

Harriet resta sans voix.

— Lorsque Spiro m'a parlé de ce prétendu fiancé, reprit-il, j'ai cru tenir la raison de votre fuite. J'en ai été malade. Je suis parti pour Athènes, noyer mes chagrins dans l'alcool.

— Chez votre maîtresse ? l'interrogea-t-elle, frémissante.

— Encore une indiscrétion de Spiro ! rugit-il. Non, j'avais déjà rompu avec Pénélope. Je n'avais aucunement l'intention de poursuivre cette liaison lorsque j'aurais rencontré la femme de ma vie.

— Pauvre Pénélope ! L'avez-vous également consolée avec un bijou ?

Il proféra un juron furieux.

— Non ! D'ailleurs, ce cadeau n'était pas un cadeau d'adieux. Je voulais vous l'offrir en vous demandant en mariage, petite sotte !

— Vous... vous vouliez m'épouser ?

— Pourquoi parlez-vous au passé ? questionna-t-il impatiemment. Je ne serais pas ici si j'avais changé d'avis. De toute façon, j'avais fermement résolu d'évincer mon rival.

Il avança d'un pas, mais Harriet se recroquevilla peureusement sur les coussins du canapé.

— Ne m'approchez pas !

Un instant, il la fixa d'un air perplexe, puis haussa les épaules et s'installa à une distance respectable. S'il la

touchait, elle n'arriverait plus à penser calmement...
Pourtant, comme elle avait envie de se blottir dans ses
bras, d'oublier à son contact ses doutes, ses frayeurs,
son désespoir... Mais il n'avait pas encore prononcé le
mot « amour »...

— Pourquoi me proposez-vous le mariage ? A cause
de Nicky ? demanda-t-elle farouchement.

— Cela solutionnerait bien des problèmes, vous en
conviendrez aisément, répliqua-t-il avec un sourire.

— C'est tout ?

Il la contempla longuement, une lueur de désir au
fond des yeux.

— Peut-être, aussi pour donner mon nom à mon enfant.

— Je ne suis pas enceinte, déclara-t-elle avec raideur.

Rejetant la tête en arrière, il éclata de rire.

— Vous le serez bientôt, ma chérie.

— J'en doute !

— Alors notre mariage serait bien triste...

Brusquement, elle prit son sac et se leva, le cœur
serré.

— Je ne vous épouserai pas ! lança-t-elle résolument.
Maintenant, laissez-moi partir.

Alex la rattrapa à la porte. Là, il la souleva autoritai-
rement dans ses bras pour la porter jusqu'à sa chambre,
sans prêter la moindre attention à ses protestations indi-
gnées. Elle eut beau se débattre de toutes ses forces, il
ne fléchit pas. Tout à coup, il s'arrêta, et embrassa ses
lèvres sauvagement, dans un baiser interminable. Puis il
la déposa sur le grand lit.

Les yeux écarquillés d'effroi, Harriet l'observa enle-
ver son veston et sa cravatte. Quand il commença à
détoubonner sa chemise, elle tâcha de s'échapper, mais
vif comme l'éclair, il la tira à nouveau près de lui, impi-
toyablement, en réduisant à néant toutes ses résistances.

— Si vous me touchez, vous le regretterez ! hurla-t-
elle furieusement.

— Ne faites pas l'enfant. Vous n'en pensez pas un mot.

Sourd à ses supplications, il nommença à la caresser, traçant délicatement le contour de son visage, la ligne de son cou, de ses épaules. Un frisson d'appréhension ébranla Harriet.

Elle tenta de le frapper, mais il emprisonna ses poignets, et se mit à la dévêtir, imperturbable. S'efforçant désespérément de fuir le contact de la bouche d'Alex, elle secouait énergiquement la tête, afin de le repousser. Rien n'y fit. Lorsqu'il posa ses lèvres sur sa peau, tout son être s'embrasa.

Comment lui résister, quand son souhait le plus cher était de succomber à ses étreintes ? Elle avait l'impression de se battre contre ses propres émotions...

Tout à coup, il la lâcha pour prendre son visage entre ses mains. Puis, s'écartant légèrement, il la contempla avec des yeux ardents.

— Oserez-vous nier votre désir, maintenant ? souffla-t-il.

— Non... Mais la passion des corps ne mène à rien, Alex, sans amour... chuchota-t-elle douloureusement.

Il demeura silencieux un long moment. Finalement, d'une voix sinistre, heurtée, il s'écria :

— Je me suis donc trompé ? Oh, ma chère, ma tendre Harriet, cela suffit au moins pour un début. Ne me quittez pas à nouveau. Restez avec moi. Vous finirez bien par m'aimer.

Un espoir insensé, éperdu, s'empara d'Harriet.

— Vous... vous m'aimez ? osa-t-elle demander dans un murmure timide.

— Peut-être même dès notre première rencontre, mon amour. Vous n'aviez donc pas deviné ?

— Comment l'aurais-je pu ? protesta-t-elle, tandis que la joie irradiait ses traits. Pourquoi ne m'avez-vous rien dit ?

— Aviez-vous besoin de mots pour comprendre ?

Certes, j'ai essayé de combattre mes sentiments, au début, je l'admets. Tant de barrières, d'obstacles insurmontables, nous séparaient... Mais vous avez toujours régné sur mon cœur, Harriet.

Il se pencha pour l'embrasser, avec une tendresse mêlée de respect.

— Vous me témoigniez tant de froideur... objecta-t-elle craintivement.

Il soupira.

— Spiro semblait avoir vos faveurs. Lorsque je suis revenu d'Athènes, j'étais follement amoureux. J'avais l'intention de vous emmener en croisière. En vous surprenant avec lui, je suis devenu fou de rage.

— Il cherchait tout simplement à me prouver sa sympathie. J'avais terriblement besoin d'amitié, de gentillesse, expliqua-t-elle en lui caressant la joue.

— Je n'appréciais pas du tout son comportement. J'ai eu envie de le tuer, le jour où nous vous avons trouvée sur la plage, en revenant de notre partie de pêche. D'ailleurs, je me suis complètement dévoilé. « Tu es enfin pris au piège, cousin », m'a-t-il dit en me revoyant.

— Vous aviez réagi très violemment ! Pauvre Spiro ! Il a dû beaucoup souffrir, ces derniers temps. Il faudra être gentil avec lui.

— Mais pas trop ! la menaça-t-il en riant.

Subitement plus sérieux, il ajouta :

— Oui, il a subi un rude choc. Mais il se rend parfaitement compte du déséquilibre de sa mère, maintenant. J'ai pris soin de lui confier des responsabilités supplémentaires, pour occuper son esprit, et l'aider à surmonter cette tragédie.

— Et votre mère ? Comment avez-vous réussi à vous réconcilier ?

— Cela n'a guère été facile, je l'avoue... Elle a un fort caractère. Mais sous son apparente intransigeance se cache un cœur d'or. Sans l'intervention de Zoé, elle aurait fini par pardonner Kostas et accueillir votre sœur au sein de notre famille. Elle ne recommencera pas la même erreur avec moi. C'est pourquoi elle m'a accompagné à Londres. Pour vous présenter ses excuses, et ses vœux de bonheur. Vous m'épouserez, Harriet, n'est-ce pas ?

Les mains de la jeune fille glissèrent lentement sur les épaules d'Alex puis le long de son dos. Avec un petit rire de plaisir elle déclara :

— Quelle situation peu conventionnelle ! Nous ne respectons guère les règles de la bienséance... Cependant, vous parviendrez peut-être à me persuader.

— Je ne doute pas d'y parvenir... chuchota-t-il en l'enlaçant possessivement.

Les bras d'Harriet se refermèrent autour de lui, tandis qu'elle lui offrait son corps dans un élan de passion. Sûre de l'amour d'Alex, de leur bonheur à venir, elle avait hâte de goûter avec lui la joie des retrouvailles, puisque désormais ils ne se quitteraient plus, et vivraient le reste de leur existence dans un paradis partagé, où Nicky serait heureux. Il avait à nouveau une vraie famille... qui ne tarderait pas à grandir !

Les Prénoms Harlequin

HARRIET

Forme féminine de Harry, ce prénom d'origine teulonne signifie : "l'âme de la maison". Celles qui le portent sont donc des femmes d'intérieur accomplies. Elles aiment la vie de famille, les enfants, le calme.

Les Prénoms Harlequin

ALEX

Fête : 22 avril   Couleur : bleu

Ce prénom désigne un être introverti, d'une grande sensibilité, généreux et aimable. Pourtant, au premier abord, il paraît souvent froid, intransigeant, inabordable. Il aime, en effet, cacher son caractère au fond très doux sous des dehors plutôt intimidants.

Le sweepstake VOGUE L'AMOUR d'Harlequin

Des prix de rêve à gagner !

- Une croisière romantique d'une semaine pour deux personnes à St-Thomas, San Juan et Puerto Plata, plus 500 $ d'argent de poche. **AIR CANADA ✱ TOURAM**

- 1 000 $ de coupons d'achat dans des boutiques exclusives de vêtements et d'accessoires du *Complexe Desjardins* à Montréal.

- Un week-end enchanteur pour deux personnes à l'hôtel **MÉRIDIEN** de Montréal.

- 25 abonnements gratuits à une collection de romans Harlequin... des heures de rêve !

Ne manquez pas le bateau !

Envoyez 1 coupon ou un fac-similé dessiné à la main et non reproduit mécaniquement avant le 16 novembre 1984 et vous avez 1 chance de gagner. Plus vous participez, plus vous avez de chances que votre rêve devienne réalité !

COUPON DE PARTICIPATION AU SWEEPSTAKE "VOGUE L'AMOUR" D'HARLEQUIN

Nom _____

Adresse _____

Nº de tél. _____

Pour avoir une chance de gagner, envoyez ce coupon à: Sweepstake "VOGUE L'AMOUR" d'Harlequin, B.P. 20, Succursale H, Montréal, (Québec) H3G 2K5.

SW-2

Harlequin Tentation

De nouveaux romans sensuels, chaleureux, excitants, où l'amour triomphe des contraintes, des dilemmes, et vient réchauffer votre cœur comme une caresse...

Dites oui à l'amour, à l'infinie tendresse d'un sourire partagé, à la secrète complicité de deux corps vibrant l'un contre l'autre.

Harlequin Tentation, 3 nouveaux titres par mois! Vous les trouverez dès aujourd'hui chez votre dépositaire.

Harlequin Tentation, on n'y résiste pas!

TENT-1

Découpez et retournez à: Service des livres Harlequin
P.O. Box 2800, Postal Station A
5170 Yonge St., Willowdale, Ont. M2N 5T5

Éternelle jeunesse du roman d'amour!

On a l'âge de son esprit, dit-on. Avez-vous jamais songé à vérifier ce dicton?

Des romancières célèbres telles que Violet Winspear, Anne Weale, Essie Summers, Elizabeth Hunter... s'inspirant du vrai roman d'amour traditionnel, mettent en scène pour votre plus grand plaisir héros et héroïnes attachants, dans des cadres romantiques qui vous transporteront dans un monde nouveau, hors de la grisaille du quotidien. En partageant leurs aventures passionnantes, vous oublierez soucis et chagrins, vous revivrez les émotions, les joies...la splendeur...de l'amour vrai.

Six romans par mois... chez vous... sans frais supplémentaires... et les quatre premiers sont gratuits!

Vous pouvez maintenant recevoir, sans sortir de chez vous, les six nouveaux titres HARLEQUIN ROMANTIQUE que nous publions chaque mois.

Et n'oubliez pas que les 6 vous sont proposés au bas prix de $1.75 chacun, sans aucun frais de port ou de manutention.

Et cela ne vous engage à rien: vous pouvez annuler votre abonnement n'importe quand, pour quelque raison que ce soit.

Pour vous assurer de ne pas manquer un seul de vos romans préférés, remplissez et postez dès aujourd'hui le coupon-réponse sur la page suivante.

Rien n'est plus pratique qu'un abonnement *Harlequin Romantique*

1. Vous recevrez les 4 premiers livres en CADEAU puis 6 nouveaux titres chaque mois, dès leur parution. Vous ne risquez donc pas de manquer un seul volume Harlequin Romantique.

2. Vous ne payez que $1.75 par volume, sans les moindres frais de port ou de manutention.

3. Chaque volume est livré par la poste, sans que vous ayez à vous déranger.

4. Vous pouvez annuler votre abonnement à tout moment, pour quelque raison que ce soit…nous ne vous poserons pas de questions, et nous respecterons votre décision.

5. Chaque livre Harlequin Romantique est écrit par une romancière célèbre: vous ne risquez donc pas d'être déçue.

6. Il vous suffit de remplir le coupon-réponse ci-dessous. Vous recevrez une facture par la suite.